로크미디어가
유혹하는
재미있는 세상

# 천외천의 주인 10

2021년 4월 9일 초판 1쇄 인쇄
2021년 4월 14일 초판 1쇄 발행

**지은이** 한수오
**발행인** 이종주

**총괄** 김정수
**경영지원** 배진경 임혜솔 송지유

**기획 팀** 이기헌 왕소현 박경무 강민구
**책임 편집** 오영란

**발행처** (주)로크미디어
**출판등록** 2003년 3월 24일
**주소** 서울시 마포구 성암로 330 DMC첨단산업센터 3층 318호, 319호
**Tel** (02)3273-5135 **편집** 070-7863-8596 **Fax** (02)3273-5134
**홈페이지** rokmedia.com **E-mail** rokmedia@empas.com

ⓒ 한수오, 2020

값 8,000원

ISBN 979-11-354-9397-3 (10권)
ISBN 979-11-354-8621-0 04810 (세트)

한수오 신무협 장편소설

10

# 천외천의 주인

| 천사강림 天邪降臨 |

# 차례

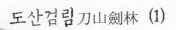

# 도산검림刀山劍林 (1)

설무백의 눈은 정확했다.

돈황에서 왔다는 염왕수 허적은 그의 상대로 많이 부족해서 앞선 상대인 목자인처럼 일수에 나가떨어졌다.

대력귀와 화사가 이번에도 그의 손 속을 제대로 보지 못했다고 투덜거리는 사이 맹효가 데려온 두 사람 중, 먼저 나선 세 번째 비무자도 다르지 않았다.

자신을 하삭(河朔)의 검호(劍豪)로 추앙받는 유성검(流星劍) 추곤(推鯤)의 둘째 제자인 비류검(沸流劍) 이자도(李自度)이라고 밝힌 그 사내는 제법 기도가 출중했으나, 앞선 상대들과 마찬가지로 그의 일수를 감당하지 못했다.

아마도 그 때문일 터였다.

설무백의 네 번째 비무는 없게 되었다.

제갈명의 언질에 따르면 다음을 기다리고 있던 비무자는 삼문협(三門峽) 일대에서 제법 명성을 날린다는 철혈도(鐵血刀) 냉풍(冷風)이라는 자였는데, 굳어진 안색과 달리 대뜸 입에 기름칠이라도 한 것처럼 장황한 변설을 좌르르 쏟아 내며 싸우지도 않고 패배를 인정했다.

"본인은 삼가 패배를 자인하는 바요!"

"응?"

"본인은 그저 무공을 통해 자아 성찰을 기대하는 일개 무부에 불과하오. 그런 본인이 이미 삼화취정(三花聚頂), 오기조원(五氣朝元)의 경지를 넘어서 신화경(神化境)의 경지에 다다른 대협의 무공을 두 눈으로 똑똑히 보았는데, 어찌 감히 천한 솜씨로 나서서 대협의 위명에 먹칠을 할 수 있겠소. 본인은 그런 꼴불견을 연출하느니 일찌감치 패배를 인정하여 대협의 위명에 조금이라도 보탬이 되는 것이 백 번 옳다고 생각하오."

설무백은 잠시 한 방 맞은 표정으로 서 있다가 슬쩍 제갈명에게 시선을 주며 물었다.

"얘가 그 정도 알아볼 눈은 가진 애냐?"

아무리 전생의 기억을 뒤져 봐도 그럴 듯한 고수들 중에 철혈도 냉풍이라는 이름이 없어서 묻는 말이었다.

아니나 다를까, 제갈명이 곤혹스러운 표정으로 고개를 저었다.

"저도 처음 듣는 자라서……!"

설무백은 절로 인상이 찌푸려졌다.

작금의 강호사에 빠삭한 제갈명도 모르는 자라면 답은 하나였다.

애초에 상대가 아니다 싶으면 적당히 싸우다가, 아니, 어쩌면 지금처럼 싸우기도 전에 패배를 자인하고 물러나고 나중에 '나 설 아무개와 싸워 본 누구'라는 명성이라도 가지려는 졸자, 하류배인 것이다.

'정말 별놈도 다 있지……!'

설무백은 하도 어이가 없어서 그저 실소하며 손을 내저었다.

괘씸하다는 생각이 들기도 했으나, 대놓고 포기하며 물러나는 놈을 두들겨 패고 싶지는 않았다.

게다가 그에 앞서 무언가 석연치 않은 기분도 들었다.

"별호가 아깝다. 알았으니, 어서 그만 꺼져라!"

철혈도 냉풍은 노골적인 그의 멸시에도 전혀 굴하지 않았다.

그는 보란 듯이 멋쩍은 미소까지 흘리며 그를 향해 포권의 예까지 취하고 나서야 자리를 떠났다.

"그럼 저는 후일을 기대하며 이만……!"

맹효가 잠시 황당한 표정으로 쳐다보다가 제갈명의 눈치

에 어쩔 수 없이 돌아서서 그를 밖으로 안내했다.

설무백은 그런 그의 뒷모습을 바라보다 제갈명을 향해 넌지시 말했다.

"유성검 추곤은 나도 아는 인물이지. 비록 천하십검에는 조금 미치지 못하지만, 하삭일대에서는 이미 오래전부터 적수가 없다고 알려진 뛰어난 검호야. 다만 그의 제자에 대해서는 기억이 가물가물해서 그러는데, 이제자인 비류검 이자도의 경지는 그에 비해 어느 정도지?"

제갈명이 이제 와서 그런 질문을 왜 하냐는 표정으로 쳐다보며 대답했다.

"이자도가 비록 검을 뽑아보기도 전에 주군의 한 방에 나가 떨어졌지만, 하삭 일대에서 추곤과 추곤의 대제자인 탈명검(奪命劍) 적이산(積利山) 다음 가는 검객입니다. 무림 고수의 서열이라는 게 지극히 상대적이라 장담할 수는 없어도, 작금의 강호 무림에서 얼추 일천 위 안에는 드는 고수로 봐도 무방합니다."

설무백은 의미심장한 표정으로 고개를 끄덕이며 재우쳐 물었다.

"그럼 네 생각에 그런 이자도보다 월등히 뛰어난 고수가 싸워 보지도 않고 패배를 자인하며 물러날 이유가 뭘까? 그것도 전혀 두려워하는 기색도 없이 말이야."

"설마⋯⋯?"

제갈명이 예리하게 눈치채며 반문했다.

"철혈도 냉풍을 두고 하시는 말씀인가요?"

설무백은 못내 한숨을 내쉬며 눈총을 주었다.

"매사에 일관성 있게 의심을 품는 것도 나쁘지 않긴 한데, 그래도 가끔은 꼬치꼬치 따지지 말고 그냥 묻는 말에 대답만 해 주면 안 되겠냐?"

"아, 그게, 제 눈에는 전혀 그렇게 안 보여서……."

"네 눈에 그렇게 안 보이면 내 눈에도 그렇게 안 보여야 하는 걸까?"

"그야 물론 아니죠."

제갈명이 서서히 일그러지는 그의 얼굴에 반응해서 재빨리 정색하며 앞서 받은 질문의 답을 내놓았다.

"대략 두 가지로 생각해 볼 수 있겠네요. 원래 확고한 주관이나 원칙이 없이 그때그때의 상황에 따라 자신에게 이로운 쪽으로 행동하는 기회주의자가 아니라면, 갑자기 모종의 이유가 생겨서 싸우기 싫어졌거나 싸우면 안 되게 된 거죠."

"그따위 기회주의자로 보이진 않았어. 그는 이자도보다 자신이 강하다는 것을 아는 눈치였거든."

"저도 그렇게 생각합니다. 혹시라도 이자도가 주군을 이길 수도 있다고 생각했으면 먼저 나서서 이기려고 했을 테죠."

"그러면 후자라는 건데, 갑자기 싸우기 싫어지거나 싸우면 안 될 이유는 뭐가 있을까?"

잠시 곰곰이 생각하던 제갈명이 불현듯 반색하며 나섰다.

"아, 혹시 적당히 싸우고 빠질 수 없을 정도로 주군이 강하다는 것을 알게 되어서가 아닐까요? 그러니까, 전력을 다해야 하는데, 그러면 그간 애써 숨기고 있던 자신의 실력이 들어날 것 같아서 그냥 포기를……!"

"그건 아니야. 내게 자신의 실력이 몽땅 다 드러난다고 해서 그가 아쉬울 게 뭐야. 어차피 나오는 마지막 싸움인 것을. 하지만!"

설무백은 반색하며 재우쳐 말했다.

"실력이 아니라 무공의 내력을 감추려고 했다면 말이 되는군. 그래, 그거였어. 실력이 아니라 정체가 들어날까 봐 포기한 거야."

그렇다.

설무백이 어중간한 고수였다면 그도 그런 생각을 전혀 하지 않았을지 모른다.

그러나 그가 보기에 설무백은 어중간한 고수가 아니라 최소한 상대의 무공을 보고 능히 후천지기의 자연스러운 발로인 기백과 기풍을 읽어 낼 수 있는 고수였던 것이다.

제갈명이 이제야 상황을 제대로 파악하며 예리하게 말했다.

"결국 철혈도 냉풍이라는 그자가 정체를 숨긴 상당한 고수라는 뜻이군요. 기풍이라는 것이 어중이떠중이 무공에는 해당이 안 되는 일일 테니까요."

"아무래도 그렇지. 적어도 일가를 이룰 상승의 무공에나 해당하는 얘기지."

설무백이 수긍하기 무섭게 제갈명이 재빨리 사태를 추론했다.

"절정검 추여광의 끄나풀이 이미 다녀간 마당이니, 북련이라면 희여산의 하수인일 가능성이 높습니다."

설무백은 고개를 저었다.

"남맹일 수도 있어."

"아……!"

제갈명이 정말 그럴 수도 있겠다는 듯 탄성을 흘리며 고개를 끄덕였다.

설무백은 그사이 안색을 굳히며 말했다.

"혈영!"

"옙!"

혈영이 암중에서 대답하자마자, 설무백은 냉정한 어조로 명령을 내렸다.

"쫓아가서 누구와 접촉하는지 파악하되 여의치 않으면 그자만 제거하고 돌아와라."

"옙!"

혈영이 짧게 대구하며 두말없이 암중에서 사라졌다.

제갈명이 잠시 주변의 눈치를 보다가 물었다.

"혈영 형이 해결할 수 없을지도 모르는 일이라면 다른 사람을 보내면 되지 않습니까?"

"이런 일에 혈영보다 나은 사람이 우리 풍잔에 아직 없다."

"하면, 누구 한 사람 더 같이 보내면 되지 않겠습니까?"

"혈영이 해결하지 못할 일이라면 다른 누가 같이 가도 해결하지 못할 거다."

"……."

"이제 더 없냐?"

설무백이 끝내 시선을 주며 확인하자, 제갈명이 방금 하나뿐인 국밥을 엎지른 사람처럼 불쌍한 표정을 지으며 말했다.

"이러는 제가 밉죠? 저도 이러는 제가 밉습니다."

설무백은 한 대 갈기려고 움켜쥔 주먹을 차마 쳐들지 못하고 고개를 절레절레 흔들며 돌아섰다.

"관두고 너만큼이나 지겹게 말 안 듣고 고집불통인 노인네들에게나 가 보자."

내색은 삼갔으나, 설무백은 비무자들을 상대하는 내내 풍무장과 백여 장이나 떨어진 풍신무궁의 내부에서 벌어지는 상황을 마치 눈으로 보고 있는 것처럼 선명하게 느끼고 있었다.

사전에 알고 있던 적현자와 환사의 감정 대립과 무관하게 능히 그 정도의 능력을 가진 고수가 지금의 설무백이었기 때문이다.

　그리고 과연 상황은 설무백이 느낀 그대로였다.

　풍신무궁으로 들어선 그는 직접 두 눈으로 그것을 확인할 수 있었다.

　싸움이 끝난 건지 아니면 잠시 멈추어진 것인지는 모르겠으나, 넝마처럼 누더기로 변한 의복과 눈가를 비롯해서 얼굴 여기저기가 거무죽죽하게 멍들어 있는 적현자와 환사의 모습이 그의 눈에 들어왔다.

　그는 깨져 나간 대리석을 다급히 평평하게 다져 놓은 듯한 풍신무궁의 바닥을 아무렇지도 않게 둘러보며 물었다.

　"그래서 결론은 났습니까?"

　적현자와 환사는 말할 것도 없고, 장내의 모두가 침묵한 채 눈치를 보았다.

　아니, 한 사람은 아니었다.

　비풍과 단예사, 동곽무 등과 한쪽에 서 있던 요미가 쪼르르 그에게 달려와서 말했다.

　"아니, 아직 결론이 안 났어. 원래는 싸움도 안 끝났는데, 내가 오빠에게 가서 일러바친다니까 멈춘 거야."

　설무백은 가만히 고개를 끄덕이며 정말이지 한심하다는 표정으로 적현자와 환사를 번갈아 보았다.

"왜들 이러세요? 애들 보기 창피하지 않아요?"

적현자가 버럭 소리쳤다.

"난 잘못 없다! 이건 순전히 위아래도 모르는 저놈의 지랄이야!"

"지금 누가 누구보고 위아래를 모른다는 개소리야!"

환사가 발끈하고 나서며 악을 썼다.

"입은 삐뚤어졌어도 말은 똑바로 하랬다고, 말코 네가 먼저 위아래도 없이 설치니까 내가 위아래 무시하고 나선 거잖아!"

도사들은 머리를 자르지 않고 정수리로 빗어 올려서 비녀를 꽂아 고정하는 상투를 한다.

소위 속발(束髮)이라는 이 머리를 하면 정수리로 끌어 올린 머리카락으로 인해 이마가 훤히 드러나는 통에 얼굴이 말처럼 길쭉해 보여서 도사들을 부를 때 말코라고 부르는 사람들이 있다.

물론 그것은 사람을 놀릴 때 쓰는 욕이었다.

그것도 사람의 얼굴을 타고 다니는 짐승에 비유했으니 매우 심한 욕이다.

가뜩이나 비위가 틀어져 있던 적현자는 비록 속발을 하지 않고 장발을 등 뒤로 질끈 묶어서 늘어트리고 있었으나, 대번에 분노해서 쌍심지를 곧추세웠다.

"뭐, 말코? 네놈이 정녕 선을 넘는구나!"

환사가 지지 않고 두 눈을 희번덕거렸다.

"지랄, 선은 말코 네가 먼저 넘었지! 그럼 말코를 말코라고 부르지 개코라고 부를까!"

치켜떠진 적현자의 두 눈이 새파랗게 변했다.

극단적인 분노에 맞닥뜨린 사람이 다 그렇듯 차갑게 가라앉은 눈빛이었다.

그러나 환사는 그런 그의 눈빛을 마주하고도 전혀 물러나지 않았다. 오히려 푸른빛이 감도는 얼굴로 가일층 치솟는 심중의 분노를 드러내고 있었다.

말 그대로 일촉즉발의 순간!

그들, 두 사람 사이에 서 있던 설무백은 더 이상 방관하지 않고 순간적으로 발을 굴렸다.

쿵—!

심금이 울릴 정도로 웅장하고 웅혼한 소리가 터졌다.

장내의 공기가 모든 사람들의 귀를 먹먹하게 만들 정도로 우렁우렁 울리고 있었다.

무지막지한 공력의 발현이었다.

장내의 시간이 잠시 정지했다.

적현자와 환사는 흠칫 놀라며 누가 먼저랄 것도 없이 동시에 돌린 시선으로 설무백을 주시하는 채로 굳어 있었다.

놀란 토끼처럼 눈이 커져서 설무백을 바라보며 굳어진 주변 사람들의 모습도 누군가 그린 한 장의 그림처럼 보였다.

시간이 멈추어진 것만 같은 그 공간 속에서 감정과 감각이 극도로 고조된 긴장감이 흘렀다.

당연한 반응이었다.

어지간해서는 화를 내지 않지만, 일단 한 번 화를 내면 절대 그냥 넘어가는 법이 없는 설무백의 성격을 이제는 풍잔의 식구들 모두가 다 익히 잘 알고 있었다.

설무백은 그런 분위기 속에 천천히 혼자 움직여서 적현자와 환사를 번갈아 보며 웃었다.

아까 처음 그들을 대할 때처럼 예의 바른 웃음을 보이지 않았다.

충분히 차갑고 충분히 거만해서 얼마든지 누구도 상상하기 어려운 짓을 저지를 수 있을 것 같은 기색이 녹아든 웃음으로 보였다.

그는 그 상태로 말했다.

"두 분 모두 각자가 원하는 것을 말해 보세요. 그럼 제가 듣고 서로 조금씩 양보하는 선에서 중재하도록 하지요."

설무백의 시선이 적현자에게 돌려졌다.

어서 말해 보라는 강렬한 채근이 담긴 눈빛이었다.

적현자가 선뜻 대답하지 못하며 머뭇거렸다.

따지고 보면 그는 무언가를 요구하는 입장이 아니었기 때문이다. 이내 생각을 정리한 그가 말했다.

"나는 다른 사람에게 원하는 거 없다. 그저 너와의 약속을

천외천의
주인

지키는 동안 다른 사람들의 간섭을 받고 싶지 않을 뿐이다."

설무백은 알았다는 듯 묵묵히 고개를 끄덕이며 환사에게 시선을 돌렸다.

환사가 기다렸다는 듯이 적현자를 쏘아보며 말했다.

"노복은 그저 저자가 예의를 갖추고 주군을 대하길 바랄 뿐입니다."

설무백은 이번에도 충분히 알았다는 듯 고개를 끄덕였다.

그는 가만히 그들을 번갈아 보며 사전에 미리 생각해 둔 것처럼 곧바로 제안했다.

"그럼 이렇게 하죠. 검노께서는 이제부터 환노가 원하는 것처럼 저에게 최소한의 예의를 갖추는 겁니다. 그리고 환노께서는 이제부터 검노가 원하는 것처럼 검노의 모든 행동에 관여하지 말아 주세요. 혹시나 해서 미리 말해 두지만……."

그는 적현자와 환사만이 아니라 그들 옆에서 묘한 표정으로 눈치를 보고 있는 천월 등 모든 사람들을 둘러보며 말을 끝맺었다.

"검노는 지극히 개인적인 저의 노복이니까 환노만이 아니라 다른 사람들도 그래 주길 바랍니다."

장내의 분위기가 묘해졌다.

적어도 적현자와 환사를 제외한 모든 사람들의 눈치는 그랬다.

모두가 이게 제대로 풀어진 것인지 더욱 꼬인 것인지 모르겠다는 듯 적현자와 환사의 눈치를 보고 있었다.

설무백은 그런 주변의 분위기를 아무렇지도 않게 무시하며 애초의 미소가 그림처럼 굳어진 얼굴로 새삼 적현자와 환사를 번갈아 보며 대답을 재촉했다.

"왜 대답이 없죠? 그럴 수 없다는 건가요?"

환사가 대답했다.

"아닙니다. 저 인간이 주군께 예의만 갖춘다면 노복은 얼마든지 저 인간의 일에 관여하지 않을 수 있습니다. 꼴도 보기 싫은 인간에게 제가 왜 굳이 관여씩이나 하겠습니까. 절대 아닙니다, 주군!"

주변 공기가 갑자기 싸늘해졌다.

잡아먹을 듯이 환사를 노려보는 적현자의 서릿발 같은 싸늘한 눈초리 때문이었다.

설무백은 앞으로 한 걸음 나서서 마주한 그들의 시선을 차단하며 적현자를 바라보았다.

적현자가 잠시 그런 그의 시선을 마주하다가 불쑥 물었다.

"정말 순수하게 궁금해서 묻는 건데, 내가 그럴 수 없다면 어떻게 되는 거냐?"

설무백은 특유의 미온한 미소를 보이며 대답했다.

"그게 어떤 일이든 간에 모든 일은 다 어렵게 생각하면 한없이 어렵지만, 쉽게 생각하면 또 그렇게 쉬울 수가 없죠. 그래서 저는 괜히 골치 아플 필요 없이 가능하면 매사를 쉽게 생각하려고 하는데, 그 기본은 원점으로 돌아가는 겁니다."

적현자가 이해하지 못했는지 미간을 찌푸리며 고개를 갸웃거렸다.

"원점으로 돌아간다?"

설무백은 무심하게 부연했다.

"지금 이런 문제가 발생하지 않을 원점은 제가 검노를 만나기 전이지요. 제가 검노를 만나지 않았으면 지금 이런 문제도 없었습니다. 매우 간단하게 일이 해결되는 거죠."

적현자가 적잖게 놀란 눈치로 설무백을 바라보았다.

일그러진 그의 눈가가 경련을 일으키고 있었다.

"나를 내치겠다는 거냐?"

설무백은 태연하게 고개를 저으며 대답했다.

"내치는 게 아닙니다. 그저 인연을 없던 것으로 하는 거죠."

"그게 뭐가 달라서?"

"검노께서는 질문했고, 저는 답변을 해 주었을 뿐입니다. 아직 일어나지도 않은 일을 가지고 괜한 시비 걸지 마시고, 이제 그만 어서 대답이나 하시죠?"

"결국 팔은 안으로 굽는다는 이건가?"

"세상이 다 그렇죠. 이유 여하를 막론하고 나 싫다는 사람보다 나 좋다는 사람이 더 좋잖아요."

"……."

적현자가 입을 다물었다.

잠시 복잡 미묘한 눈빛으로 설무백의 시선을 마주하던 그는 한순간 슬쩍 환사를 일별하며 말했다.

"알겠소. 그리하리다. 그리고 이건 혹시나 해서 참고로 말하는 건데, 저 녀석만큼은 아닐지라도 나 역시 주인을 싫어하지는 않소."

"그것 참 듣던 중 반가운 소리네요."

설무백은 가볍게 맞장구를 쳐 주고는 곧바로 환사에게 시선을 주며 확인했다.

"이 정도면 됐죠?"

"큼."

환사가 대답 대신 무색해진 표정으로 헛기침을 하며 은근슬쩍 시선을 피했다.

설무백은 그저 가벼운 미소로 넘겼다. 그리고 장내의 모두를 천천히 둘러보았다.

한순간 심드렁하기만 하던 그의 두 눈빛에 무시무시한 살기가 감돌았다.

"내친김에 모두에게 하나만 당부할게요. 앞으로는 이런 일이 없었으면 좋겠어요. 앞으로 또다시 이런 일이 벌어지면 그때는 제가 지금처럼 참지 못할 수도 있을 것 같아서 미리 말해 두는 거니, 다들 명심하길 바라요."

다른 사람들은 차치하고, 노강호라는 말이 무색할 정도의 노고수들인 적현자와 환사, 천월, 예충, 담태파야 등마저 위축된 모습으로 아무런 말도 하지 못한 채 조개처럼 입을 다물며 고개를 끄덕였다.

설무백이 노골적으로 드러낸 살기는 그만큼 압도적이었다.

주변의 모두가 아무런 이의를 제기하지 않고 수긍하는 모습을 보고 나서야 설무백은 살기를 거두었다.

그리고 미묘해진 기색으로 중얼거렸다.

"너무 빠른데……?"

장내의 모두가 어리둥절해하는 사이, 어디선가 소리 없이 불어온 바람이 설무백의 면전에서 멈추며 한무릎을 꿇은 사람의 모습이 홀연히 나타났다. 혈영이었다.

"죄송합니다, 주군."

황망히 고개를 숙이는 혈영을 보며 설무백은 미간을 찌푸렸다.

"놓쳤나?"

"저잣거리를 벗어난 연후에 갑자기 속도를 내는데, 아무래도 수하가 따라잡기 어려운 경지라 다급히 손을 썼으나, 고작 약간의 상처를 입힌 것이 다였습니다."

"음."

설무백은 절로 침음을 흘렸다.

철혈도 냉풍이 본신의 능력을 숨겼다고는 생각했으나, 설마하니 혈영을 뿌리칠 수 있을 정도의 고수라고는 미처 예상하지 못했던 것이다.

장내의 모두가 심상치 않은 그의 기색을 살피는 가운데, 예충이 모두를 대변하듯 나서며 물었다.

　"대체 무슨 일입니까?"

　"그게……."

　설무백은 조금 전 풍무장에서 벌어졌던 비무와 패배를 자인하며 물러났던 수상한 사내, 철혈도 냉풍에 대해 소상히 설명해 주고 나서 말미에 자책했다.

　"내 실수예요. 본신의 실력을 감췄다고만 생각했지 그 정도로 뛰어난 자라고는 전혀 생각하지 못했어요."

　"주군의 눈을 속이고, 혈영의 살수를 피해서 무사히 도주했다는 것만 봐도 그자가 얼마나 뛰어난지 짐작이 갑니다."

　예충이 수긍하며 연신 고개를 갸웃거렸다.

　"그 정도의 인물이라면 정말 보통내기가 아닐 텐데, 도통 짐작 가는 인물이 없다는 게 더 묘하군요."

　천타가 조심스럽게 끼어들었다.

　"아직 늦지 않았습니다, 주군. 지금이라도 구익조를 보내면 충분히 그자의 흔적을 찾아낼 겁니다. 혈영 각주의 능력을 무시하는 게 아니라, 추종술에 관한한 구익조를 능가할 사람이 천하를 통틀어도 흔치 않다는 걸 잘 아시지 않습니까."

　설무백은 당연히 그럴 거라고 생각을 했으나, 허락하지 않고 고개를 저었다.

　"아니, 그럴 필요 없어. 아쉬운 놈이 우물을 판다고, 아쉬우면 어떤 식으로든 다시 사람을 보내겠지."

풍사가 고개를 갸웃하며 나섰다.

"그자는 일부분이나마 우리 풍잔과 주군을 보고 갔지만, 우리는 그자가 누군지 또 누가 보내서 온 건지 전혀 모르고 있으니, 아쉬운 건 우리 아닌가요?"

"그게 아니죠."

제갈명이 설무백을 대신하듯 나서서 설명했다.

"아쉬운 건 우리가 아니라 그자들입니다. 지금은 몰라도 앞으로 분명히 그렇게 될 겁니다."

예충이 인상을 쓰며 면박을 주었다.

"뭐라는 거야? 혼자만 알지 말고, 제대로 설명 좀 해 봐. 어렵게 말고 쉽게."

"아니, 이게 뭐가 어렵다고……."

제갈명이 이런 식의 질문을 받을 때면 늘 그렇듯 잔뜩 코가 높아진 표정으로 설명했다.

"상황이 즉, 그자는 분명 주군의 실력과 우리 풍잔의 의도나 목적을 알아보려고 왔을 텐데, 그자가 알아낸 것은 고작 주군이 엄청나가 강하고, 우리 풍잔이 상당한 힘을 가졌다는 것뿐이라 이겁니다. 그런데 그자들은 중원에 있지만, 우리는 중원으로 나갈 계획이 전혀 없습니다. 과연 이런 상태로 시간이 지나면 그자들의 마음이 어떨까요?"

예충이 이제야 이해한 듯 미소를 보였다.

"엄청 답답하겠군."

제갈명이 반색하며 기다렸다는 듯이 말을 받았다.

"바로 그겁니다. 분명 무언가 꿍꿍이가 있는 것 같은데, 잔뜩 웅크리고만 있고 전혀 밖으로 나오질 않으니 대체 얼마나 답답하겠습니까. 미치고 팔짝 뛰겠죠. 장담하는데, 어떤 식으로든 다시 사람을 보내지 않을 수 없을 겁니다."

예충을 비롯한 장내의 모든 사람들이 묵묵히 고개를 끄덕이면서도 설무백에게 시선을 고정했다.

정말 그런 것인지 묻는 눈초리들이었다.

기고만장한 표정이던 제갈명이 그들의 태도를 보고는 설무백을 닦달했다.

"맞죠? 그거죠?"

설무백은 그저 피식 웃는 것으로 수긍하며 간단명료하게 제갈명의 설명을 부연했다.

"우리가 중원으로 나갈 계획이 없는 것은 사실이지만, 그게 우리가 언제까지나 여기 난주에 머무를 거라는 얘기는 아니에요. 분명히 말해 두지만, 때가 되면 우리는 중원으로 나갑니다. 그런 의미에서……."

그는 새삼스러운 눈빛으로 장내의 모두를 둘러보며 말을 이었다.

"아무래도 제가 전에 말한 수련의 강도를 보다 더 높일 필요성이 있을 것 같네요."

이제 수시로 들락거릴 정탐꾼들을 하나도 놓치지 않고 다 잡아낸다는 보장이 없었다.

그때가 언제든 때가 되었을 때, 저들이 보고 들은 것보다 풍잔의 식구들은 더 강해져 있어야 한다는 것이 그의 생각이었다.

그의 말을 들은 장내의 모두가 다부진 표정으로 묵묵히 고개를 끄덕이는 것으로 동의했다.

설무백은 그런 그들을 천천히 둘러보며 자못 냉정하게 다시 말했다.

"그럼 내친김에 어디 한번 시작해 볼까요?"

다들 뜬금없다는 표정이면서도 거부하는 사람은 하나도 없었다. 거부할 수 있는 분위기가 전혀 아니었다.

설무백이 오래전부터 계획한 풍잔의 수련은 그렇게 시작되었다.

그날부터 그와 풍잔의 식구들은 하루하루가 눈코 뜰 사이 없이 바람 잘날 없는 시간의 연속이었다.

이 년의 세월이 그렇게 지나갔다.

도산검림 刀山劍林 (2)

"첫 번째는 형(形)이 주체인 명경(明勁)이고, 두 번째는 법(法)이 주체인 암경(暗勁), 세 번째는 공(功)이 주체인 화경(化勁)을 단련하는 거다. 당연하게도 그에 따른 경지는 개개인이 선천적으로 타고난 능력이나 후천적으로 개발한 요령과 밀접한 관계가 있어서 수련 기간에 상관없이 고하가 갈리는 것이고 말이다."

비가 내리고 있었다.

설무백은 비를 피해서 비풍과 단예사, 동곽무, 요미와 함께 풍무장의 처마 아래 옹기종기 모여 앉은 채로 쏟아지는 빗줄기를 바라보며 무공을 논하고 있었다.

그중에서도 그가 알고 있고 직접 수련한 권법의 개요였

다.

"다들 알겠지만 우선 형을 수련하는 단계는 형이라는 말 그대로 외형적인 자세와 동작을 습득하는 것을 말한다. 투로 중에 있는 수형(手型), 수법(手法), 보형(步型), 보법(步法), 신형(身型), 신법(身法), 그리고 매순간에 벌어져야 하는 눈의 움직임, 즉 안법(眼法)을 습득하는 거다."

그는 재우쳐 비풍에게 시선을 던지며 물었다.

"어떻게?"

비풍이 귀찮지만 어쩔 수 없다는 표정으로 대답했다.

"수족과 신형의 행동이 요구하는 방향이나 각도, 위치 등에 시선이 먼저 닿아야 하지만, 그렇다고 너무 빠르게 않게, 심신(心身)과의 배합과 정확하게 일치하도록 움직이는 겁니다."

"그게 다야?"

설무백의 심드렁한 반문에 비풍이 아차 하는 기색으로 서둘러 덧붙였다.

"물론 거기에 지극히 안정되지만, 태산을 무너뜨린다는 각오가 기세, 풍격을 심어야 하지요."

"그래, 그거다. 그게 바로 요결에 따라 정확하고 정밀한 자세와 동작을 만드는 과정인 거다. 이른바 초식의 습득이지."

설무백은 이제야 만족한 기색으로 부연하고는 다음 설명을 이어 나갔다.

"그 다음이 바로 기(氣)를 통한 혼연일체를 수련하는 법(法)

의 단계이다. 의(意 : 뜻)로써 기를 움직이고, 기로써 체외의 동작을 받쳐 주는 모든 행위, 즉 정신을 통해 체내에서 운행하는 내기(內氣)를 단련하는 것이지."

그의 시선이 이번에는 단예사에게 돌려졌다.

"어떻게?"

뚜렷한 이목구비와 선명하게 각진 턱의 윤관으로 이내 나이답지 않게 깊이와 기품이 느껴지는 얼굴의 소유자인 단예사는 그동안 태도가 더욱 진중해져서 누가 어떤 질문을 던져도 즉답을 하는 경우가 거의 없었다.

지금도 그랬다.

질문하는 설무백의 시선을 마주한 채로 잠시 여유를 두었다가 입을 열어서 담담한 어조로 막힘없이 대답했다.

"모든 동작은 경력이 고르게 분포될 수 있도록, 또한 동작과 동작의 사이가 끊어지지 않도록 완만하게 유지해야 합니다. 그래서 중심 이동의 축이 되는 보법이 매우 중요한데, 유의할 것은……."

잠시 말꼬리를 흐린 그는 이내 작심한 듯 자리에서 일어나서 쏟아지는 빗줄기 속으로 나섰고, 몇 가지 동작을 시연하며 설명을 계속했다.

"이렇게 전신의 근육을 이완시켜 놓은 상태로 가슴을 펴고, 등을 팽팽하게 당기며, 머리와 몸통을 곧게 한 상태로 보법을 펼쳐야 합니다. 소위 외유내강의 특징을 구현하는 것인데…….”

그의 동작이 연거푸 바뀌며 부드럽게 이어져 나갔다.

“매 동작이 전후로 맞물려서 모든 힘이 고르고 끊어짐 없이 이어지며, 본인의 뜻에 반응하는 공력이 손가락 끝에서부터 발가락 끝까지 닿아 움직이되 움직이지 않는 것처럼 고요한 혼연일체를 이루어야 합니다. 이는……!”

이내 동작을 마무리하고 자세를 바로 한 그는 예의 진중한 눈길로 설무백을 바라보며 결론을 내리듯 대답을 마무리했다.

“권법의 기본은 강함과 부드러움의 조화인데, 강(剛)은 유(柔)를 보조하는 것이 아니라 유의 주체가 되어야 하고, 유 또한 강을 보조하는 것이 아니라 강의 주체가 되어야 하는 즉, 유는 강에서 나오고, 강 또한 유에서 나오기 때문입니다.”

설무백은 이번에도 역시 만족한 기색으로 고개를 끄덕이며 다음 설명으로 넘어갔다.

“마지막 세 번째 수련은 바로 공(功)을 단련하는 단계이다. 의식과 동작, 기가 고도로 결합되어 정기신(精氣神)이 일체를 이루는 최고의 단계지.”

그의 시선이 동곽무에게 돌아갔다.

동곽무는 이미 자리에서 일어나서 기다리고 있다가 그의 질문을 받기도 전에 입을 열었다.

“이른바 화경(化勁)의 단계라고도 하지요 여기서부터는 투

천외천의
주인

로의 형식에 구애받지 않아야 합니다. 분명 몸이 마음먹은 대로 따르는 민첩함과 절로 주변의 변화에 반응하는 자유로움이 고도의 협조를 이루는 경지지요. 즉, 의념을 동작을 이끌어 내긴 하나, 응용이 자유로운 가운데, 생각이 아니라 마음으로 동작을 구현해야 하는 겁니다. 이는 바로……!"

"뜻[意]이 이르는 곳에 기(氣)가 이른다."

요미가 불쑥 끼어들어서 동곽무의 말을 이어받았다.

"생각이 아니라 마음으로 동작을 표현해야 한다. 이것이 바로 마음이 움직이면 절로 동작이 드러나는, 다시 말해 마음이 하고자 하는 대로 몸이 따라 주어서 굳이 초식에 구애받지 않는 초고의 경지이다."

동곽무가 하도 익숙해서 이젠 화도 나지 않는 건지 묵묵히 자리에 앉았다.

설무백은 못내 곱지 않은 눈초리로 요미에게 눈총을 주었다.

요미가 혀를 내밀며 헤헤 웃었다.

"그대로 갔으면 제 차례가 없잖아요. 저도 한마디 해야죠. 헤헤……!"

설무백은 무심결에 손을 들어서 그녀의 머리를 한 대 쥐어박으려다가 그만두었다.

지금의 요미가 마치 그림처럼 과거의 모습과 조금도 변함이 없어서 하마터면 그는 실수할 뻔했다.

지금의 요미는 어린아이가 아니라 엄연히 성숙한 묘령의 소녀인 것이다.

"큼!"

설무백은 가벼운 헛기침으로 분위기를 쇄신하며 하던 수업을 계속 이어 나가려고 했다.

그때 비풍이 불쑥 불만을 토로했다.

"불공평해요."

"뭐가?"

"늘 요미만 싸고도시잖아요."

설무백은 잠시 비풍의 눈을 바라보았다. 그리고 느꼈다.

불만이 아니라 교만이 드리워진 눈빛이었다.

그는 픽 웃으며 아무렇지도 않게 반문했다.

"그게 뭐가 어때서?"

비풍이 야무지게 반박했다.

"아무리 여자라도 그렇지……!"

"그게 아냐."

설무백은 잘라 말했다.

"내가 요미를 각별히 대하는 것은 여자라서가 아니다. 너희들 중 최고이기 때문이다. 최고에게 최고의 대우는 못해 줄망정 이 정도의 방임도 허락해 주지 못하면 어디 쓰나."

비풍이 기세등등하게 나섰다.

"요미는 최고가 아닙니다. 어제 벌어졌던 평가에서 세 번다 저에게 밀렸습니다."

설무백은 이제야 비풍이 그간 애써 억누르고 있던 교만을 드러낸 이유를 파악하며 냉담해졌다.

"아니, 너는 요미를 이길 수 없다. 하물며 단예사나 동곽무보다도 정심하지 못하고 나약한 정력(定力)을 가진 네가 요미를 이겼다는 것은 말이 안 된다. 어제의 평가는 요미가 너를 다치지 않게 하려고 봐준 것이 분명하다."

비풍이 되바라지게 반발했다.

"그럴 리가 없어요! 저는 분명히⋯⋯!"

설무백은 슬쩍 손을 들었다.

비풍이 말을 멈추었으나, 그의 손짓은 비풍의 말을 끊기 위해서가 아니었다.

그들과 거리를 두고 저만치 떨어져서 시립해 있는 두 사람 중 하나, 공야무륵이 나서려는 것을 막은 손짓이었다.

공야무륵은 아무래도 비풍의 태도가 선을 넘어섰다고 판단했는지 삭막한 기색으로 나서고 있었던 것이다.

설무백은 공야무륵이 멈추는 것을 확인하고 나서 비풍과 요미를 번갈아 보며 지시했다.

"비풍, 요미. 중앙으로 나서라."

비풍이 무슨 뜻인지 알겠다는 듯 기꺼운 모습으로 나서고, 요미가 빗줄기가 쏟아지는 하늘을 쳐다보며 싫지만 하는 수 없이 끌려 나가는 오리 새끼 같은 모습으로 어기적어기적 그 뒤를 따랐다.

단예사와 동곽무가 지레 긴장한 모습이면서도 호기심을 감추지 못한 두 눈을 빛내며 자리에서 일어났다.

이윽고, 비풍과 요미가 풍무관의 중앙으로 나서서 서로를 마주한 상태로 설무백을 바라보았다.

설무백은 사뭇 냉담하게 그들을 바라보며 입을 열었다.

"내가 오늘처럼 너희들에게 틈틈이 모든 무공을 아우를 수 있도록 도움을 주기는 하나, 너희들은 기본적으로 각자가 다른 무공을 수련하고 있으며, 비무 또한 그런 범주에서 자유롭게 진행되는 것으로 안다. 지금 그 방식 그대로 비무를 진행하되, 비풍!"

그는 비풍을 직시하며 말을 이었다.

"너는 전력을 다해서 방금 전에 했던 네 말이 거짓이 아님을 증명하고, 요미!"

그는 요미에게 시선을 주며 계속 말했다.

"너는 지금 비풍이 내 말을 불신할 정도로 교만해진 책임을 져라! 배려는 좋은 것이나 때론 오만의 또 다른 감정일 수도 있다."

그의 눈빛이 사뭇 냉정하게 변했다.

"내가 봐준다, 내가 너를 위해서 이렇게 해 준다, 라는 감정이 서로에게 무슨 도움이 되겠나. 상대를 진정한 동료라고 생각한다면 그건 절대 해서는 안 되는 일이다. 그건 상대를 망치는 것은 물론, 역으로 너 자신을 교만에 빠지게 만들 수 있는 악수다."

비풍은 입가에 삐딱한 미소가 걸렸다.

여전히 설무백의 말을 인정하지 않는다는 태도였다.

설무백의 말과 그런 비풍의 태도를 본 요미의 안색이 싸늘하게 변했다.

"아무래도 오빠의 말이 맞는가 보네."

요미의 중얼거림을 들은 비풍이 '이건 또 뭐지'라는 표정으로 미간을 찌푸렸다.

설무백이 그 순간에 명령했다.

"시작해라!"

비풍이 기다렸다는 듯 코웃음을 날리며 말했다.

"선수를 양보하지. 명색이 사내인데 여자에게 먼저 손을 쓸 수는 없으니까."

요미가 싱긋 웃으며 물었다.

"그랬다간 손쓸 기회도 없이 면상이 날아갈 텐데, 괜찮겠어?"

비풍의 얼굴이 새삼 볼썽사납게 일그러졌다.

여자고 뭐고 간에 당장 나서서 주리를 틀고 싶어 하는 모습처럼 보이는데, 실제로 그랬다.

사실을 말하자면 그는 어제 벌어졌던 비무에서도 요미가 여자이기 때문이 전력을 다하지 않았었다.

그런데 지금 이게 뭔가?

설무백은 사정도 모르고 요미가 양보한 거라고 말하는 데다가, 설상가상으로 요미마저 주제도 모르고 그 말에 놀아나서 설치고 있었다.

정말이지 미치고 환장할 노릇, 도저히 참을 수가 없었다.

'다시는 헛소리 못하도록 버릇을 고쳐 주마!'

비풍은 분노에 치를 떨며 사나운 눈빛으로 요미를 직시한 채로 전신의 공력을 끌어 올렸다.

그때였다.

요미의 모습이 변했다.

아니, 정확히 말하면 요미는 변한 것 같지 않았으나, 그가 요미를 보고 느끼는 감정이 바뀌었다.

자신을 바라보며 배시시 미소 짓는 요미의 모습이 그렇게나 아름답고 매력적일 수가 없었다.

'뭐지……?'

비풍은 이건 정말 정상이 아닌 감정이라고 판단했다.

그래서 사력을 다해서 머리를 굴렸다.

그러나 이미 늦었다.

그의 정신은 이미 요미가 펼친 미혼공(迷魂功)에 빠진 상태이면서도 전혀 그걸 모르고 있었다.

대신 다른 것을 느꼈다.

평소 눈부시도록 잘 돌아간다고 자부하는 자신의 머리가

지금은 끓어오르는 욕망이 기름칠을 해서인지 더욱더 잘 돌아가는 것 같았고, 그래서 그는 생각하고 또 생각했다.

'지금 내가 눈앞에 있는 저 여자를 독차지하려면 어떻게 해야 할까?'

무슨 짓이라도 할 수 있었다.

살인도 얼마든지 감수할 수 있겠다는 생각이 들었다.

지금 비풍을 사로잡고 있는 요미의 미혼공이 발휘하는 위력은 그처럼 강력한 것이다.

그런 그의 생각을 아는지 모르는지, 요미가 웃는 낯으로 그에게 다가왔다.

그녀의 전신에서 가늠하기 어려운 색기(色氣)가 뿜어지고, 두 눈이 사이한 요기로 반짝였다.

비풍은 자신도 모르게 두 팔을 벌리며 그녀를 맞이했다.

요미가 구름이 흐르는 것처럼 사뿐히 다가와서 그런 그의 얼굴을 이마로 들이받고, 얼굴을 부여잡으며 뒷걸음치는 그의 사타구니를 사정없이 발로 걷어찼다.

"……!"

비풍은 비명도 지르지 못한 채 두 손으로 사타구니를 부여잡으며 고꾸라졌다.

요미가 그런 그의 뒷목을 발로 지그시 밟으며 설무백을 향해 새삼 배시시 웃었다.

"됐죠?"

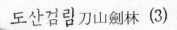

도산검림 刀山劍林 (3)

"까분다, 또!"

설무백은 사뭇 냉담하게 요미를 꾸짖으며 처마를 벗어나서 그들의 곁으로 다가갔다.

"쳇!"

요미는 그제야 재미없다는 표정으로 혀를 차며 미혼술(迷魂術)을, 정확히는 전진사가의 사대비기 중 하나인 섭혼미령안(攝魂迷靈眼)을 거두었다.

그제야 그녀의 전신에 흐르는 색기와 그녀의 두 눈에서 발산되는 사이한 요기가 사라졌다.

순간, 잔뜩 경직된 모습으로 서 있던 단예사와 동곽무가 맥이 풀린 사람처럼 그대로 털썩 주저앉았다.

요미는 이채로운 눈초리로 그들을 바라보았다.

그녀는 비풍이 뒤늦게 무공에 입문한 단예사나 동곽무보다도 더 정심하지 못하고 나약한 정력의 소유자라는 설무백의 말을 이제야 납득하고 있었다.

비록 비무 상대가 아니라 뒤로 빠져 있긴 했으나, 그들은 비풍과 달리 그녀의 섭혼미령안을 여태 버티고 있었던 것이다.

'하물며……!'

방금 전 그녀는 비록 잠시지만 설무백을 놀리려고 보다 더 공력을 끌어 올렸지 않았나.

'제법이네?'

단예사와 동곽무의 입가에는 피가 배여 있었다. 그건 그들이 입술을 혹은 혀를 깨물며 그녀의 미혼술에 저항한 흔적이었고, 묘하게도 그게 그녀의 마음을 흐뭇하게 했다.

그때 어느새 곁으로 다가선 설무백이 그런 상념에 빠져 있던 그녀의 이마를 손가락으로 튕겼다.

"언제까지 그러고 있을래?"

"아얏!"

요미는 얼떨결에 밀려나 비풍의 뒷덜미를 밟고 있던 발을 떼고 이마를 비비며 새삼스러운 시선으로 설무백을 보았다.

늘 당하면서도, 무엇보다도 뻔히 눈으로 보면서도 왜 설무백의 손은 이렇듯 전혀 피할 수 없는 것인지 정말 알다가도 모를 일이었다.

그녀의 그런 상념과 무관하게 설무백이 진창에 얼굴을 처박고 있는 비풍을 내려다보며 말했다.

"너도 적당히 하고 그만 일어나."

비풍이 일어나지 않고 그대로 있었다.

뒤늦게 정신을 차린 단예사와 동곽무가 허겁지겁 달려와서 비풍을 부축했다.

비풍이 슬쩍 그들의 손을 뿌리치며 진창에 처박혀 있던 머리를 빼내며 비칠비칠 일어났다.

고개를 푹 숙인 그의 모습은 입이 열 개라도 할 말이 없다는 감정, 일종의 자괴감에 젖어 있었다.

그가 사타구니를 걷어차인 고통으로 인해 이미 요미의 미혼술에서 벗어났음에도 불구하고 굳이 일어나지 않은 이유가 그 때문이었다.

설무백은 사뭇 냉정한 눈초리로 그런 비풍을 바라보며 단호하게 충고했다.

"너는 누구와도 무엇이든 경쟁할 수 있다. 하지만 그게 너의 전부여서는 안 된다. 경쟁에서 이기면 마음껏 좋아하되 절대 초심을 잊지 말아야 한다."

그는 강렬한 눈빛을 드러내며 강조했다.

"무엇보다도 동료를 아껴라. 배려해라. 자신감은 드러내도 좋으나, 교만하지 말며, 폄하하거나 무시하지 마라. 뒤를 허락해도 좋을 사람이 많아질수록 너는 더 강해질 수 있다."

그는 힘주어 비풍의 어깨를 움켜잡으며 말을 끝맺었다.

"기억해라! 언젠가 동료 이외의 모든 사람을 믿을 수 없는 때가 온다!"

비풍이 실로 몸을 부들부들 떨며 고개를 들지 못한 채로 용서를 빌었다.

"……죄송합니다."

"'죄송합니다'가 아니라 알겠습니다."

설무백은 냉정하게 잘라 말했다.

"죄가 아니라 실수다. 알고도 저지른 일이 아니라 몰라서 해 버린 일이니까."

비풍이 고개를 들고 바라보며 힘주어 대답했다.

"알겠습니다!"

설무백은 이제야 특유의 미온한 기색으로 돌아가서 묵묵히 비풍의 어깨를 두드려 주었다.

그때 풍무장으로 들어서는 일단의 무리가 있었다.

설무백은 그들을 알아보며 말했다.

"벌써?"

나타난 무리는 제갈명과 풍사, 대력귀, 맹효, 토웅을 동반한 적현자, 예충, 환사, 천월, 그리고 반천오객이었다.

그들의 선두인 적현자가 두 손으로 하늘을 우러르며 변명처럼 말했다.

"비가 그쳐 가니 좀이 쑤셔서 말이오."

그러고 보니 비가 잦아들었다.

　완전히 그친 것은 아니지만, 소나기처럼 쏟아지던 굵은 빗줄기가 잦아들어서 추적추적 내리는 가랑비로 바뀌어져 있었다.

　설무백이 그걸 느끼고 하늘을 살피는 사이, 적현자가 은연중에 비풍 등의 기색을 살피며 물었다.

　"그나저나, 오늘은 어떻게 애들이 우리 주인 나리의 눈에 들었는지 모르겠소."

　설무백은 늘 그렇듯 무덤덤하게 대답했다.

　"제가 보는 눈이야 항상 같죠. 아시다시피 반골 기질이 있어서 부족한 점만 보려고 하니까요."

　적현자가 한숨을 내쉬며 고개를 절레절레 흔들었다.

　혹시나 하고 기대한 자신이 바보라는 태도였다.

　예충이 그 모습을 보고 아쉽다는 표정으로 나섰다.

　"우리가 아무리 날고 기어도 주군의 눈을 만족시킬 수는 없습니다. 다만 우리들 모두 지난 이 년간 교두로서 최선을 다해서 지도했고, 저 아이들도 성심성의껏 열심히 따라 준 덕분에 어느 정도 성과는 있었다고 자부합니다. 해서, 드리는 말씀인데, 주군. 겸사겸사 이제 그만 저 아이들도 서열 비무에 나설 수 있도록 해 주는 것이 어떻겠습니까?"

　"겸사겸사?"

　설무백은 픽 웃으며 재우쳐 물었다.

"그간의 성과가 어느 정도인지 객관적인 시선으로 알아보고 싶다는 건가?"

예충이 굳이 부정하지 않았다.

"그것도 그거지만, 이미 자격이나 실력이 충분하고도 남음이 있다고 생각해서 드리는 말씀입니다."

설무백은 묵묵히 고개를 끄덕이다가 제갈명에게 시선을 주며 물었다.

"서열 비무가 내달인가?"

"예, 내달입니다."

제갈명이 즉각 대답하고는 묻지도 않은 자신의 생각을 덧붙였다.

"저 역시 매우 바람직한 일이라고 생각합니다."

"왜지?"

"다들 그간 따로 교육받고 있는 저 아이들의 실력을 몹시도 궁금해하고 있습니다."

"차별한다고 생각한다는 건가?"

"그렇게까지 생각하는 것 같지는 않습니다만, 못내 거리감이 생긴 것은 사실입니다. 안 그래도 이쯤에서 풀어 주는 것이 좋지 않을까 생각하던 참이었습니다."

"그래?"

설무백은 미처 거기까지는 살피지 못한 일이었으나, 듣고 보니 충분히 납득할 수 있어서 동의했다.

"좋아, 그렇게 하지."

비풍과 단예사, 동곽무, 요미의 안색이 변했다.

감정이 북받쳐 발그레한 홍조를 드러내는 얼굴이었다.

와중에 요미가 불쑥 말했다.

"그것도 나쁘지 않지만, 나는 그보다 그냥 지금의 내 수준이 무림에서 어느 정도인지 궁금해. 서열 비무에 나간다고 해도 어차피 그 밥에 그 나물처럼 우리 풍잔 안에서 정해지는 서열이라 정말 무림에서의 위치는 모르는 거잖아."

한바탕 툴툴거린 그녀는 대뜸 설무백에게 시선을 던지며 따지듯이 물었다.

"오빠는 정말 그런 게 전혀 안 궁금해?"

풍잔에서 존칭을 무시하며 설무백을 오빠라고 부를 수 있는 사람은 요미가 유일했다.

다른 사람들은 둘째 치고, 말 그대로 풍잔의 규율 담당이랄 수 있는 환사가 나서서 '죽이니 살리니'까지 했으나, 요미의 버릇은 아니, 고집은 꺾을 수 없었다.

차라리 죽이라는데 어쩔 것인가.

아무려나, 장내의 모든 사람들이 요미의 갑작스러운 질문에 적잖게 당황하며 설무백의 눈치를 보았다.

기실 풍잔에서 강호의 서열을 따지지 않는 것은 순전히 설무백 때문이었다.

설무백은 지난 시간 내내 강호 무림의 서열 따위는 무의

미하다며, 그런 걸 따질 시간에 수련이나 하라고 말했던 것이다.

설무백은 좌중의 반응을 보며 적잖게 어이없어 했다.

"뭐야? 노인네들까지 그게 정말 궁금했다는 거야?"

적현자가 노인답지 않게 킥킥거리며 웃고는 모두를 대표하듯 나서서 대답했다.

"이건 누굴 탓할 일이 아니외다. 주인 나리가 잘 몰라서 그러는데, 무인에게 있어 승부만큼이나 중요한 것이 바로 서열이오. 서열이 갈리려면 승부가 나야 하는 거니까. 큭큭……!"

설무백은 무색해졌다.

장내의 모두가 적현자와 같은 생각인지 멋쩍은 기색일망정 묵묵히 고개를 끄덕이고 있었던 것이다.

'하긴……!'

설무백은 내심 지난날의 자신을 상기하며 모두의 마음을 이해하고는 말했다.

"내가 무림의 서열을 따질 필요 없다고 말한 이유는 간단해. 말 그대로 따지는 것이 무의미하기 때문이야. 왜냐고?"

그는 다른 사람들의 대답을 기다리지 않고 자신이 던진 질문에 스스로 답을 내놓았다.

"바로 우리가 알고 있는 작금의 무림 서열이 제대된 서열이 아니니까. 있는 그대로 말해서 지저에 숨고 사람 속에 은둔한 고수들이 너무너무 많거든."

예충이 무슨 말인지 이해한다는 듯 고개를 끄덕이며 말을 받았다.

"하지만 예로부터 강호 무림은 늘 그랬습니다. 실력을 감춘 고수들이 황하의 모래알처럼 많다고들 했지요. 하지만 그 속에서도 엄연히 서열은 존재하질 않았습니까."

설무백은 고개를 저었다.

"이번에는 그런 것과 완전히 달라. 이번에는 완전히 판이 뒤집히는 경우니까."

제갈명이 흥미로운 눈초리로 끼어들어서 물었다.

"물론 이것도 주군만이 가지고 계신 예지력에 기인한 거겠죠?"

설무백은 굳이 부정하지 않았다.

"대충 그렇지."

제갈명이 기다렸다는 듯이 말꼬리를 잡았다.

"그럼 그것까지 감안해서 따져 보는 것은 어떻습니까? 어중이떠중이들이야 따지기 어렵겠지만, 누가 봐도 인정할 수 있는 고수라면 대충이라도 서열의 윤각이 보이지 않겠습니까. 이를 테면……."

그의 시선이 적현자에게 돌아갔다.

"검노의 서열이나 혹은……."

다시금 시선을 돌려서 설무백에게 고정한 그는 의미심장하게 웃으며 말했다.

"주군 정도라면 가능하지 않겠습니까. 그러면 나머지 사람들은 그것을 지표로 삼아서 자신의 서열을 가늠할 수 있을 테고 말입니다."

"오……!"

적현자의 입에서 탄성이 터졌다.

그뿐 아니라 장내의 모두가 반색하고 있었다.

제갈명의 제안은 모두의 호기심을 충족시킬 수 있는 대안과도 같았던 것이다.

그러나 설무백은 심드렁하게 부정적인 견해를 내비쳤다.

"글쎄, 그게 가능할지 모르겠군."

제갈명이 모두를 대표하듯 캐물었다.

"왜? 아니, 어째서 그렇게 생각하십니까?"

설무백은 생각하는 그대로 솔직하게 대답해 주었다.

"나조차 그들의 무위를 정확히 파악할 수 없기 때문이지."

제갈명은 그래도 물러나지 않고 집요하게 설득했다.

"대충, 말 그대로 대략적인 선만 잡아 주는 겁니다. 보다 나은 진보를 위해서도 우리 풍잔의 식구들 모두에게 그것에 도움이 될 것이라고 믿어 의심치 않습니다."

설무백은 여전히 부정적이었다.

"정말 그럴까?"

"그럴 겁니다."

제갈명이 거듭 강변했다.

"틀림없이 도움이 될 겁니다!"

설무백은 새삼스러운 시선으로 적현자를 비롯한 장내의 모든 이들을 둘러보았다.

모두가 기대에 찬 눈빛으로 그를 주시하고 있었다.

그는 마치 빠져나갈 수 없는 그물에 갇힌 기분을 느끼며 묵묵히 고개를 끄덕였다.

"다들 이렇게나 원한다면야 뭐……."

모두가 새삼 반색하는 가운데, 제갈명이 눈을 빛내며 기다렸다는 듯 물었다.

"주군께서 전력을 다하신다면 모든 상황을 감안한 상태인 강호 무림에서 어느 정도라고 예상하십니까?"

설무백은 대수롭지 않게 대답했다.

"대략 백 대 언저리 정도?"

제갈명의 입이 떡 벌어졌다.

적현자를 비롯한 장내의 모두가 그와 마찬가지로 적잖게 놀라는 기색으로 마른침을 삼키고 있었다.

그럴 수밖에 없었다.

지금 이 자리에 모인 사람들은 설무백의 무위가 어느 정도인지 익히 잘 알고 있었다.

다들 내색은 삼갔으나, 설무백이라면 능히 천하 십대 고수의 한자리를 차지할 것이라고 생각하는데, 고작 백 위, 그것도 안에 드는 것이 아니라 언저리, 즉 밖이라는 소리에 다들 충격을 받아서 할 말을 잃어버린 모습이었다.

제갈명이 그와 같은 모두의 생각을 대변하듯 어이없어 했다.

"아무리 그래도 그건 너무 겸손한 거 아닌가요?"

설무백은 고개를 저었다.

"겸손한 것이 아니라……."

그는 본의 아니게 멋쩍은 표정을 보이며 덧붙였다.

"자존심이 발동해서 오히려 조금 높게 평가한 거야."

장내의 모두가 침묵했다.

딱히 노골적으로 내색은 하고 있지 않지만, 다들 뜨악해진 기색이었다.

당연한 반응이었다.

일찍이 두각을 나타낸 어린 시절을 배제하더라도 여기 난주에 자리 잡은 이후 설무백이 거둔 성과와 비록 의도한 바는 아니나, 지난 이 년 동안 대소 삼백여 번의 비무를 치루며 보여 준 그의 신위는 가히 절대적이었다.

지금의 그는 풍잔의 모든 식구들에게 비교 불가의 무신(武神)으로 추앙받고 있을 정도였다.

풍잔의 식구들의 입장에서 보면 모순적이게도 너무나도 높은 곳에 위치하고 있기에 현실감이 없어서 오히려 편하게 대할 수 있는 존재가 바로 지금의 그인 것이다.

그런데 그런 설무백의 무위가 작금의 강호 무림에서 고작 백 위 언저리라니, 어느 누가 수긍할 수 있을 것인가.

"크음!"

다들 눈치만 보는 싸해진 분위기 속에 제갈명이 헛기침을 하며 물꼬를 텄다.

"겉으로 보기엔 북련과 남맹의 대립이 균형을 이루어서 잔잔해 보이는 작금의 강호 무림이 안으로 썩어 문드러져서 기본적인 체계와 서열이 뒤죽박죽 엉클어져 있다는 것은 이제 우리 풍잔의 식구들이라면 누구나 다 아는 상식입니다. 다만 아무리 그래도 그렇지, 아니!"

그는 방금 전에 했던 머릿속의 생각을 털어 내듯 고개를 흔들며 말을 이었다.

"그래서 더욱 주군의 말씀에 동의하기가 어렵습니다. 보다시피……."

말꼬리를 늘인 그의 시선이 적현자와 예충, 환사, 천월 등 장내의 인물들을 훑었다.

"저만이 아니라 다들 말입니다. 평소 주군께서 말씀하신 것처럼 언제 어느 때 어떤 세력의 발호로 말미암아 강호 무림이 뒤집어질지는 모르지만, 작금의 강호 무림은 이미 매우 여러 부분이 무너진 상태입니다. 그런데……."

한층 강렬해진 그의 시선이 다시금 설무백에게 고정되었다.

"선대의 전설을 이으시고, 천하 십대 고수의 반열에 오르신 여러 어르신들의 절기를 대성하신 주군이 그런 흙탕물 속에서 고작 백 위에도 들지 못한다는 것이 정말 가당하다고 생각하십니까?"

설무백은 내심 고소를 금치 못했다.

지금 자신을 뚫어지게 바라보는 제갈명의 눈빛 속에는 설령 그게 사실이어도 사살이 아니라고 부정해 달라는 간절한 바람이 담겨 있었다.

풍잔의 사기 진작을 위해서라도 그게 나을지도 모른다.

그러나 설무백은 그럴 수 없었다.

현실을 타개하려면 우선 현실을 있는 그대로 직시해야 했다.

"가당치 않은 얘기였으면 나도 좋겠지만……."

설무백은 가차 없이 제갈명의 기대를 외면했다.

"사실이 그래. 어디까지나 추론이라 이거다 하고 단정할 수는 없지만, 지금의 나는 작금의 강호 무림에서 그 정도 위치일 거야. 백대 고수의 언저리."

제갈명을 비롯한 장내의 모두가 실망과 당혹스러움이 혼합된 기색을 드러내는 가운데, 예충이 웃는 낯으로 불쑥 나섰다.

"단정이 아니라 그나마 다행이네요. 아무튼, 그럼 이제 내친김에 우리들에게 고작 백대 고수의 언저리인 주군의 무위를 견식할 수 있는 기회를 한 번 주시겠습니까?"

삽시간에 장내의 분위기가 바뀌었다.

다들 어쩔 수 없는 무인인지라 실망이 대번에 호기심으로 변해 버린 까닭이었다.

이유 여하를 막론하고 설무백의 무위를 견식할 수 있는 기회는 그들에게도 흔치 않았다.

"그럼 제가 받아 보는 것으로……!"

토웅이 나섰다.

얼마 전에 벌어진 서열 비무에서 삼안갈을 누르고 십랑의 자리를 차지한 그였으나, 적어도 지금 이 자리에서는 막내인지라 설무백이 무공을 시연한다면 그가 상대로 나서는 것이 도리였다.

하지만 설무백을 상대해 보겠다는 마음에 결의를 다지는 듯 맹효의 눈이 이글이글 타오르는 것을 보면서도 풍사가 말렸다.

"제대로 못 들었냐? 작금의 강호에서 백 위 언저리시라는 주군의 무위를, 즉 전력을 다하시는 주군의 무위를 견식해 보는 거다. 그걸 네가 감당할 수 있겠냐?"

"아……!"

토웅이 뒤늦게 이해하고는 얼굴을 붉히며 물러났다.

풍사가 그제야 예충에게 시선을 주며 물었다.

"직접 받아 보고 싶으신 거죠?"

예충이 계면쩍은 미소를 흘리며 입맛을 다셨다.

"나로서도 무리지 그건."

그는 시선을 적현자에게 돌렸다.

"검노 선배라면 가능할 거라고 보는데, 어떻습니까?"

적현자가 매우 곤란하다는 표정으로 슬며시 턱을 긁었다.

예충이 눈이 커졌다.

"설마……?"

"설마가 아니야."

적현자가 고개를 저으며 쓰게 웃었다.

"우리 주인 나리께서는 지난 이 년간 나와의 비무에서 전력을 다한 적이 한 번도 없었네. 오히려 서서히 공력을 낮추었지. 그런데, 이제 와서 내가 전력을 다하는 주군의 공력을 감당한다? 조금 심하게 말해서 목숨을 내놔야 하지 않을까 싶군."

예충이 적잖게 당황한 표정이다가 이내 작심한 듯 말했다.

"제가 보좌하지요."

적현자는 예충의 말을 듣고도 좌우로 젓고 있는 고개를 멈추지 않고 있었다.

"자네가 붙어도 안 돼."

예충이 모욕감을 느낀 듯 얼굴을 붉히는 사이, 적현자의 시선이 환사와 천월을 훑었다.

"목숨을 걸어야 하는 일이 없으려면 자네들까지 나서 줘야 해."

장내의 모두가 황당한 표정이 되었다.

설무백의 무위는 알게 모르게 무신이라 칭송할 만큼 익히 인정하는 바이나, 고작 시연에 불과함에도 적현자와 즉, 천하의 무당마검과 도귀 예충, 그리고 무림쌍괴가 함께 나서야만이 겨우 목숨을 부지할 수 있을 거란다.

다들 너무나도 어처구니가 없어서 자신들의 귀를 의심하는 지경이었다.

그러나 정작 그들보다 더 어처구니가 없는 사람은 따로 있었다. 설무백이었다.

"뭐야?"

설무백은 적현자 등을 둘러보며 절로 실소했다.

"나는 생각도 않고 있는데 왜 이리 다들 심각해?"

적현자가 그의 말을 들은 체도 하지 않고 눈짓으로 주변 사람들을 물렸다.

다들 기다렸다는 듯이 물러났다.

물론 물러나지 않은 사람들도 있었다.

예충과 환사, 천월이 바로 그들이었다.

설무백은 그들을 보며 미간을 찌푸렸다.

적현자가 그의 입이 열리기 전에 씩 웃으며 먼저 말했다.

"필시 주인 나리에게도 적잖은 도움이 될 거외다. 이 늙은이가 풍잔에 온 이후부터 지금까지 단 한 번도 전력을 다해서 무공을 펼친 적이 없지 않소이까."

설무백은 슬며시 입을 다물었다.

듣고 보니 그랬다.

그는 지난 이 년간 무려 삼백여 차례의 비무를 치렀음에도 불구하고 단 한 번도 전력을 다해 본 적이 없었다.

그는 잠시 대답을 뒤로 미룬 채 생각에 잠겼다.

돌이켜보면 그동안 그는 자신이 아는 모든 무공을 새롭게 재정립하느라 여념이 없어서 이전의 경우처럼 전력을 다해 본다는 생각은 전혀 하지 못하고 있었다.

찾아오는 비무자들을 상대로 틈틈이 새롭게 정립한 무공들을 시험해 볼 수 있다는 것에 만족한 까닭에 더욱 그랬다.

하지만 자신의 지닌 바 전력을 일으켜 본다는 것이 무공의 진보에 얼마나 크나큰 도움이 되는지는 그도 익히 잘 알고 있었다.

마다할 이유가 전혀 없는 것이다.

그는 마음을 정하고 말했다.

"좋아요. 대신 사상(四象)이 아니라 오행(五行)으로 막아요."

적현자가 대번에 알아들으며 뒤쪽으로 빠져 있는 사람들을 훑어보았다.

설무백은 슬적 풍사에게 시선을 던지며 말했다.

"아무래도 손을 많이 맞춰 본 풍 아재가 낫겠죠."

적현자가 그와 같은 생각을 했는지 주저하지 않고 풍사를 손짓해 불렀다.

풍사가 예리하게 눈치채고 다가오며 어이없다는 투로 물었다.

"저까지요?"

적현자가 대답 대신 선두로 나서며 예충과 환사, 천월 등을 향해 말했다.

"합이 좋은 환사와 천월이 내 뒤를 맞도록 하지."

환사와 천월이 묵묵히 고개를 끄덕이며 적현자의 뒤로 쳐진 좌우측으로 자리를 이동하고, 예충과 풍사가 그들과 비스듬하게 안쪽으로 오므려진 안쪽 방향을 점했다.

적현자의 뒤를 환사와 천월이 받치고, 그 뒤를 다시 예충과 풍사가 받쳐서 오행의 방위를 점하며 설무백을 마주한 대치였다.

설무백은 그제야 천천히 뒤로 물러나서 그들과의 거리를 벌렸다. 어느새 끌어 올린 진기로 인해 그의 전신을 감싼 공기가 아지랑이처럼 아른거리고 있었다.

"조금 더 떨어져요."

설무백은 적현자 등이 구축한 오행진과의 거리가 얼추 예닐곱 장가량 이상 떨어지자 주변인들에게 주의를 주었다. 그리고 마침내 전신의 공력을 끌어 올리며 양손을 가슴 앞에서 둥글게 모으고 기를 집중하기 시작했다.

우우우웅-!

설무백을 둘러싼 공기가 우렁우렁 울며 뜨겁게 달아올랐

다.

가슴 앞에서 둥글게 모은 그의 양손이 검붉게 빛나고, 그 빛이 모여 작은 구체를 형성하고 있었다.

그간 보다 더 견교하게 응집된 천기혼원공을 기반으로 구축한 불사마화강에 구철마수와 청마경혼수의 진기를 더하고 공명십팔수와 십자경혼창을 모태로 출발한 십자경혼수의 변화를 합일해서 탄생시킨 절대의 수법, 일명 무극신화강(無極神化罡)이었다.

설무백은 이 무극신화강을 창안한 이후 숱하게 시도를 해 보았으나, 매번 진기가 합일되는 과정에서 응축되기는커녕 제대로 조화조차 이루지 못하고 분산되는 바람에 포기에 포기를 거듭하다가 겨우 반년 전에 일말의 진전을 보았다.

따라서 지금 그의 무극신화강은 고작 삼성의 경지였고, 그나마 숱한 오류에서 배운 심득에 따라 두 손으로 유도한 강기의 정화를 유형의 구체로 형성한 것은 불과 한 달 전의 일이었다.

굳이 성과를 따지자면 이제 고작 삼성의 수준, 하물며 유형의 구체로 형성된 강기를 날려 보내 본 적은 아직 한 번도 없었다.

그러나 그는 전력을 다한다는 생각을 하자마자 이 무극신화강을 떠올렸다.

무극신화강이야말로 지금의 그가 지닌 모든 무공의 정화

천왕천원 주인

이기 때문이었다.

우우우우우웅-!

주변의 공기가 더욱 뜨겁게 달아오르는 가운데, 그의 양손에 형성된 유형의 구체가 눈부심을 더하며 커져서 둥글게 모은 그의 양손을 감싸기 시작했다.

이제 눈부신 구체가, 바로 유형화된 강기가 보다 더 선명해지며 둥글게 모은 양손을 완전히 잠식하고 있었다.

'반출할 수 있다!'

아직 한 번도 가 보지 않은 경지였지만, 설무백은 고도의 느낌으로 알 수 있었다.

성공의 문턱으로 들어섰다.

유형화된 강기인 구체가 점점 더 그의 의지대로 커지고 있었다.

전신의 공력이 바다에 흘러드는 강물처럼 구체를 형성한 강기를 만들고 유지하는 데 빨려 들어가고 있음이 느껴졌다.

어지간한 내공의 고수도 한 호흡, 두 호흡 사이조차 견딜 수 없을 테지만, 그는 괜찮았다.

그에겐 화수분처럼 진기가 샘솟는 원천인 천기혼원공이 있기 때문에 진기의 고갈을 걱정하지 않아도 되었다.

그걸 느끼는 순간.

"간다!"

그는 강렬한 일갈을 내뱉으며 가슴 앞에서 둥글게 모은 양

손을, 정확히는 양 손바닥을 앞으로 뻗어 내며 진기를 밀어
냈다.

구체를 형성한 진기가 그의 손에서 발사되었다.

눈부신 흑적색의 광구(光球)가 그의 손을 떠나서 오행의 방
위를 점하고 있는 적현자 등을 향해 직선으로 날아갔다.

꽈르릉!

뒤늦게 벽력음이 터졌다.

동시에 오행진을 구축한 채 방어하고 있던 적현자 등이 태
풍에 휩쓸린 가랑잎처럼 사방으로 날아갔다.

가히 경천동지할 위력.

땅이 움푹 파이고, 뒤집어진 땅거죽이 하늘 높이 치솟았
다.

추적추적 내리던 빗줄기가 터져 나가는 강기로 인해 한순
간 사라진 것처럼 멈춘 가운데, 적현자 등이 오행진을 구축
한 자리에 거대한 웅덩이가 생겨나 있었다.

멀찍이 떨어져서 구경하던 공야무륵과 위지건, 제갈명,
반천오객 등은 풍무관의 끝자리에 나자빠져 있었다.

격돌의 여파로 일어난 폭풍처럼 거센 바람이 그들을 거기
까지 밀어붙여 버렸다.

그리고 그들과 얼마 떨어지지 않은 다른 구석에는 혈영과
사도, 흑영, 백영의 모습도 있었다.

황망히 벌어진 격돌의 여파로 암중에 있던 그들마저 밀려

나 모습이 드러난 것이다.

그러나 누가 뭐래도 가장 가관인 것은 뇌성벽력과 함께 가랑잎처럼 날아간 적현자 등 다섯 사람이었다.

공중에서 몇 바퀴나 돌며 날아가던 그들은 그 넓은 풍무장을 벗어나기 직전에서야 겨우 다들 멈추며 경악과 불신에 찬 눈빛으로 장내를 쳐다보고 있었다.

다들 산발한 머리에 넝마처럼 너덜너덜해진 의복과 입가에 머금은 핏물이 적잖은 내상을 말해 주고 있었으나, 다행히 그래도 발을 디딜 것이 아무것도 없는 허공에 멈추어 서 있을 정도의 기력은 보존한 것 같았다.

그들은 그 정도는 되는 고수들이었다.

설무백은 폐허로 변한 장내와 풍무관의 끝자리로 밀려난 제갈명 등과 허공에 떠 있는 그들, 다섯 사람을 묵묵히 둘러보며 두 손으로 헝클어진 머리카락을 쓸어 넘겼다.

그의 모습은 어디까지나 한 점의 변화도 없었다.

다만 멈춘 것만 같던 시간이 그 순간부터 다시 흐르기 시작했다.

추르르륵-!

엄청난 화후의 공력이 치고 막은 여파로 폭발한 경기로 인해 일시 얼어붙었던 바람이 불며 멈추었던 빗줄기가 다시 쏟아져 내린 것이다.

저 높은 허공에 두둥실 떠 있던 적현자가 스르르 미끄러져서 설무백의 곁으로 내려왔다.

환사와 천월, 예충, 풍사가 그 뒤를 따라 움직여서 그의 곁으로 내려섰다.

공야무륵과 위지건을 비롯해서 제갈명, 맹효, 토웅, 비풍, 단예사, 요미 등이 허겁지겁 그들의 곁으로 다가왔다.

그사이 적현자가 불쑥 물었다.

"처음 겪어 보는데, 족보가 있는 무공이오?"

설무백은 어깨를 으쓱하며 대답했다.

"무극신화강이라고 이름 붙였어요."

적현자의 눈이 커졌다.

무극신화강이 설무백의 손에서 창안되었다는 사실에 매우 놀란 눈치였다.

그러나 그것도 잠시, 그는 이내 심각한 표정으로 설무백을 바라보며 말했다.

"삼황포추(三皇暴椎)라는 무공이 있소. 표사(鏢士)들이 일반적으로 사용하는 권법인데, 위력은 제법 있으나, 속도가 매우 느려서 그들 사이에서도 그저 폼으로 익히는 수준의 무공이지. 동작이 크고 화려해서 적을 타격하는 데에는 쓸모가 별로지만, 위협을 하고 신위를 뽐내는 데 매우 쓸모가 있다오."

설무백은 눈치 빠르게 알아들으며 반문했다.

"지금 무극신화강이 그렇다는 거죠?"

적현자가 부정하지 않으며 사뭇 신랄하게 꼬집었다.

"경천동지(驚天動地)라는 말이 떠오르게 강하긴 한데, 과연 실전에서 사용할 수 있을까 싶소. 허수아비처럼 가만히 서서 기다려주는 상대는 없지 않겠소. 이 노복이야 감당해 보려고 기다렸지만 말이외다."

설무백은 무심한 표정으로 고개를 돌려서 거대한 성벽처럼 풍무장의 한쪽 방위를 막고 있는 장방형의 대전을 바라보았다.

그리고 아무런 사전 동작도 없이 순간적으로 한 손을 어깨 높이로 들었다가 앞으로 뻗어 냈다.

찰나지간, 그의 손에서 눈부신 흑적색의 광구가 발사되었다.

꽈릉—!

뒤늦게 벽력과도 같은 폭음이 터지며 그의 손에서 발사된 광구가 대전의 전면에 늘어진 계단에 작렬했다.

얼추 백여 개로 이루어진 계단의 중동이 폭삭 주저앉으며 위쪽의 계단마저 와르르 함몰되었다.

"이런, 더 낮추었어야 했나?"

설무백은 아차 하는 얼굴로 자책하다가 이내 순간적으로 엄청난 위력의 광구를 발사한 손바닥을 자신의 가슴에 쓱쓱 문지르며 적현자를 향해 씩 웃었다.

"아무튼, 이 정도면 됐죠?"

적현자가 얼빠진 것처럼 굳어진 얼굴로 마른침을 삼켰다.

주변으로 모든 사람들 모두가 그와 마찬가지로 할 말을 잃은 표정이었다.

이윽고, 정신을 차린 적현자가 물었다.

"그러니까, 이게 작금의 무림에서 백 위 언저리에 해당하는 실력이라 이건가요?"

설무백은 어디까지나 당연한 소리라는 듯이 대답했다.

"조금 더 다듬어야 할 테지만, 아마도 그럴 겁니다."

"음!"

적현자가 새삼 정말이지 믿어야 할지 말아야 할지 모르겠다는 표정으로 침음을 흘렸다.

예충이 그제야 정신이 돌아온 듯 입가의 핏물을 소매로 닦으며 물었다.

"처음부터 방어가 아니라 작심하고 그냥 맞받아쳤다면 어땠을까요?"

딱히 대상을 정해 놓고 던진 질문으로 보이지 않았으나, 환사가 말을 받아서 대답했다.

"다들 내장이 터져서 죽지 않았을까 싶군."

"설마 그렇게까지……!"

예충이 믿을 수 없다는 표정으로 놀라자, 천월이 나서서 그의 말을 동의했다.

"그래, 그 정도는 아니었을 거야. 얼추 반 정도만 죽었겠지?"

"반 정도만 죽어?"

"누가 죽고, 누가 산다는 거야?"

"그러지 말고 공평하게 모두 다 반만 죽는 것으로 하자. 모두 다 반신불수!"

적현자가 대거리하는 환사와 천월을 어이없다는 표정으로 외면하며 설무백을 향해 말했다.

"각설하고, 마지막으로 한 번만 더 확인하겠소. 주인 나리의 말이 사실이라면 이 노복은 작금의 강호 무림에서 고작 일천 위권도 어렵다는 소리외다. 진정 그런 것이오?"

설무백은 생각하는 그대로 솔직하게 대답했다.

"그 정도는 아닐 겁니다. 아무리 그래도 일천 위권에는 충분히 들지 않겠어요?"

적현자가 한 방 맞은 표정이 되었다.

이건 그에게 아무리 곱씹어도 전혀 칭찬으로 받아들일 수 없는 말이었다.

다른 사람들은 또 어떻겠는가?

예충 등 나머지 사람들 대부분이 벌레를 씹은 것 같은 표정으로 변했고, 비풍, 단예사, 동곽무 등은 완전히 얼어붙은 모습이었다.

설무백은 무심히 주변의 반응을 둘러보며 물었다.

"뭐 또 다른 질문 없죠?"

없었다.

있어도 없을 것 같았다.

다들 놀라고 당황한 마음을 추스르는 데 정신이 없는지 어리벙벙한 모습들이었다.

"그럼 오늘은 이만 하기로 하지요. 애들 좀 잘 다독여 주세요."

설무백은 적현자 등을 향해 지나가는 말처럼 흘리고는 이내 돌아서서 발걸음을 옮기며 제갈명에게 물었다.

"사사무에게서는 아직 아무 연락도 없나?"

제갈명이 퍼뜩 정신을 차리고 그의 뒤를 따라붙으며 대답했다.

"아닙니다. 그렇지 않아도 수련 시간이 끝나면 말씀을 드리려던 참이었는데, 조금 전에 돌아왔습니다."

"어디 있어?"

"거처에서 기다리고 있습니다."

설무백의 거처는 풍잔의 후원을 너머에 새롭게 형성된 전각군의 중심을 차지한 풍천각(風天閣)이었다.

거기 풍전각의 대청에 도착했을 때, 설무백을 기다리는 사람은 사사무만이 아니라 두 사람이 더 있었다.

설무백으로 말미암아 하오문의 문상과 무상으로 들어앉은 묘안초도 석자문과 그의 쌍둥이 동생인 석자양이었다.

대청으로 들어서는 설무백을 발견한 그들 모두가 동시에 공손하게 공수하며 고개를 숙였다.

"주군을 배알합니다."

설무백은 가벼운 목례로 인사를 받았다.

"귀매(鬼魅)와 더불어 묘안초도까지 이렇게 세 사람이 모인 것은 또 오랜만이군."

귀매는 두 번째 암습에 실패하고 세 번째 암습을 포기한 사사무에게 설무백이 지어 준 별호였다. 그리고 아는 사람만 아는 사실이나, 묘안초도라는 별호는 묘안(猫眼) 석자문과 초도(草刀) 석자양의 별호를 합한 것이었다.

간단하게 인사를 끝낸 설무백은 자리에 앉으며 먼저 사사무를 향해 물었다.

"그래, 응천부의 동향은 어때?"

그렇다.

사사무는 설무백에게 승복한 이후부터 줄곧 황제의 거처인 응천부를, 정확히는 궁성의 동향을 살피고 있었다.

사사무가 대답했다.

"겉에서 보기엔 아무런 변화를 느낄 수 없습니다. 적당히 긴장되고, 적당히 느슨해져 있는 상태입니다. 궁성 밖에서 살피는 것에는 한계가 있으니, 보다 세심한 기류를 파악하려면 내부로 잠입하는 것이……!"

"아니."

설무백은 고개를 저으며 허락하지 않았다.

"전에 내가 말했듯이 궁성의 내부에는 나로서도 미처 다 알지 못하는 조직이 있어. 그들의 정체를 정확히 파악하기 전까지 과욕은 금물이야."

사사무가 깊이 고개를 숙이며 수긍했다.

"예, 알겠습니다."

설무백은 가볍게 고개를 끄덕이며 시선을 돌리려다가 잠시 멈추고 물었다.

"귀영(鬼影)들은 어때?"

설무백은 이번 일을 사사무에게 맡기면서 자신이 직접 선발한 몇 명의 수하들을 붙여 주었다.

즉, 지금 사사무가 부리는 그들의 호칭이 바로 귀영이었다.

사사무가 특유의 건조한 목소리로 대답했다.

"이제 좀 쓸 만해졌습니다."

설무백은 만족한 기색을 드러내며 더 묻지 않고 석자문과 석자양 형제에게 시선을 돌렸다.

"두 사람은 원래 오늘 예정이 아니지 않나?"

석자문이 대답했다.

"예, 원래는 내일입니다만, 보고드릴 것이 생겨서 하루 당겨서 왔습니다."

설무백은 반색했다.

"더 찾은 건가?"

석자문이 서둘러 손사래를 치며 곤혹스러운 표정으로 말했다.

"아닙니다. 최선을 다하고 있습니다만, 놈들의 행사가 극도로 은밀해진 까닭에 이젠 실종된 아이들을 찾아내는 것이 전처럼 쉽지가 않습니다."

"그렇겠지."

설무백는 어색한 미소를 흘리며 수긍하고는 재우쳐 물었다.

"그럼 무슨 일이야?"

석자문이 대답 대신 시선을 돌려서 설무백이 대동한 제갈명과 공야무륵, 위지건, 그리고 사사무를 둘러보았다.

설무백은 픽 웃으며 말했다.

"누가 묘안 아니랄까 봐 의심은, 괜찮아. 묘안의 말을 들으면 안 되는 사람은 데려오지 않았으니까."

석자문이 그제야 머쓱한 기색을 드러내며 앞선 그의 질문에 대답했다.

"안 그래도 그간 살핀 무림의 동향도 알려 드리려고 틈을 보고 있던 참이었는데, 마침 그분들이 풍화장(風花莊)으로 오셨습니다."

"그분들이라니?"

"전에 말씀하신 양가장분들이요."

"아!"

설무백은 깜빡 잊고 있던 기억이 떠올라서 절로 탄성을 흘리며 물었다.

"언제? 몇 분이나?"

석자문이 대답했다.

"인원은 대략 오십여 명이고, 엿새 전입니다. 그분들이 오시자마자 바로 달려온 겁니다."

설무백은 반색했다.

오십여 명이라면 무저갱으로 이주한 양가장의 무사들 전원이 나선 셈이었다.

혹시나 걱정했는데, 양가장의 원로들이 그의 부탁을 수락했다는 의미였다.

"그렇다면 이러고 있을 때가 아니지!"

설무백은 자리를 박차고 일어났다.

"가자!"

"예?"

석자문이 당황했다.

"지금요?"

설무백은 고개를 끄덕이는 것으로 대답을 대신하며 제갈명을 향해 말했다.

"한 보름 정도 자리 비울 테니까, 어지간한 일은 알아서 처리하도록 해. 괜찮지?"

제갈명이 퉁명스럽게 대꾸했다.

"제가 늘 하는 말이지만, 제발 좀 거부권이 없는 질문은 삼가 주길 바랍니다."

설무백은 그저 픽 웃고 돌아서며 문가에 서 있는 대력귀에게 시선을 주었다.

"같이 가야겠지?"

대력귀가 여부가 있냐는 듯 대답에 앞서 그의 뒤로 붙었다.

"당연하죠."

설무백은 그제야 풍천각의 대청을 나서며 서둘러 뒤를 따라붙는 석자문에게 말했다.

"그간 조사한 강호 무림의 동향은 가면서 듣도록 하지."

풍화장은 산서성의 성도인 태원(太原)에 있었다.

도산검림 刀山劍林 (4)

"……해서, 다방면으로 점검해 본 결과, 수하의 결론은 작금의 정세가 매우 안정적이라는 겁니다. 산발적으로 벌어진 그간의 전투는 그저 북련과 남맹이 싸우는 중이라는 사실을 보이려는 위장처럼 느껴질 정도입니다. 뭐랄까? 화해를 하고 싶은데 아직 그럴 명분을 찾지 못했다고나 할까요? 아무튼, 이상입니다!"

　석자문의 보고는 하나에서 열까지 미주알고주알 따지고 넘어갈 정도로 세세하다 못해 섬세해서 장장 이틀을 넘기며 사흘로 접어들었다.

　풍잔을 떠나면서 시작된 보고가 섬서성의 북부를 가로지르는 동안에야 겨우 끝을 맺은 것이다.

설무백은 그와 같은 석자문의 보고를 잠자는 시간을 빼면 거의 끊지 않고 묵묵히 경청해 주었다.

　다른 사람은 몰라도 그는 이미 우유부단하게 보일 정도로 신중하고 철두철미한 석자문의 성격을 익히 잘 알고 있었기 때문이다.

　다만 모든 보고를 다 들은 다음에는 자신의 소신을 드러내지 않을 수 없었다.

　그의 소신은 단순한 소신이 아니라 이미 알고 있는 사실이기 때문에 더욱 그랬다.

　"그게 아니라 그냥 익숙해진 거야."

　"예?"

　"제아무리 치열한 대립이나 대치도 오랜 시간이 지나면 무료한 일상에 지나지 않게 되어 버리지."

　"그게 인지상정이긴 하죠."

　설무백은 갸웃거리던 석자문이 대번에 수긍해 버리자 짐짓 수상쩍게 바라보았다.

　"뭐야? 너무 순순히 수긍하는데? 아니다 싶으면 반론을 해. 그게 묘안의 위치라는 거 잊었어?"

　"아니요."

　석자문이 고개를 저었다.

　"지금의 제 위치는 그저 보고 들은 것을 그대로 전해서 주군의 판단을 보조하는 겁니다. 제가 그린 그림은 주군께서 그리시는 그림의 일각에 지나지 않기 때문에 도저히 전체를 볼수가 없으니까요."

"그거 진심이 아니면 엿 먹이는 소린 거 알지?"

"진심입니다. 그간 주군을 곁에서 보필하며 확실하게 깨달았습니다. 주군의 말씀은 이제 메주는 콩으로 쑤는 것이 아니라 숯으로 쑤는 것이라고 해도 믿을 겁니다. 틀림없이 그렇게 말하는 이유가 있을 테니까요."

"좋아. 달달하니, 듣기 좋네."

설무백은 기분 좋게 웃었다. 그리고 이내 험악하게 인상을 쓰며 석자문을 노려보았다.

"이러니 내가 또 묻지 않을 수 없군. 야, 묘안, 너는 매번 말은 그렇게 번지르르하게 하면서 내가 익히라고 전해 준 무공은 왜 그리도 기를 쓰고 익히지 않는 거야? 다른 누군가의 보호에는 한계가 있으니 스스로를 지킬 수 있도록 하라는 내 말이 메주는 숯으로 쑨다는 말보다 더 황당한 소리라는 거냐?"

"아, 그게, 그러니까, 무공은……."

석자문이 진땀을 흘리며 쩔쩔매다가 이내 만사 포기한 표정으로 울상을 지었다.

"이제 포기할 때도 되지 않았습니까, 주군. 제가 다른 건 몰라도 무공의 자질을 손톱만큼도 타고나지 못했다는 사실을 잘 아시면서……."

"포기가 뭔데?"

"포기는 배추 셀 때나 쓰는 말이라고요? 압니다. 그런 사람도 있죠. 하지만 그렇지 않은 사람도 있습니다. 저처럼요. 저 같은 사람에게 포기는 빠를수록 좋습니다. 그래야 다른 방향으로 트인 머리를 보다 더 효과적으로 사용할 수 있지 않겠습니까."

"말은 청산유수지……!"

설무백는 사뭇 냉정하게 면박을 주는 것 같았으나, 그 속에 악의는 없었다.

그는 더 이상의 강요하지 않고 슬쩍 초도 석자양에게 시선을 돌리며 물었다.

"초도, 너는 어때?"

석자양이 늘 그렇듯 예의바른 태도와 달리 무뚝뚝한 목소리로 대답했다.

"나름 연성(鍊成)을 게을리 하지는 않았습니다만, 주군의 눈에 들지는 모르겠습니다."

설무백은 잠시 발걸음을 멈추고 물었다.

"믿어 달라는 거야, 시험해 봐 달라는 소리야?"

석자양이 대답했다.

"후자입니다. 달리 시험해 볼 수가 없어서 주군과의 시간만 기다리고 있었습니다."

설무백은 콧잔등을 긁으며 의미심장하게 말했다.

"애송이와 비교가 돼서 여차하면 매우 창피해질 텐데, 정말 자신있나 보지?"

석자양이 다부지게 대답했다.

"명색이 무상인데, 데리고 있는 꼬맹이보다 못한대서야 말이 안 되죠. 정말 그렇다면 그런 창피는 마땅히 감안해야 한다고 생각합니다."

과거 이십팔숙의 선두를 다투던 비선 진광의 최후심득인 청마진결은 내공심법인 청마진기(靑魔眞氣)를 기반으로 펼치는 세 개의 무공으로 구성되어 있다.

신법인 청마유운보(靑魔流雲步)와 도법인 청마사인도(靑魔死刀刀), 그리고 권법인 청마경혼수, 일명 청마수가 바로 그것이다.

설무백은 이 년 전, 이 청마진결을 도법과 권법으로 분리해서 각기 능력과 적성을 고려한 두 사람씩 네 사람에게 전수해 주었다.

그중 두 사람이 석자문과 석자양이었다.

그들은 공히 청마진기와 청마진기를 기반으로 펼치는 청마유운보에 더해서 각기 석자문은 청마사인도를, 석자양은 청마경혼수를 전수받았다.

즉, 나머지 두 사람 중에는 석자양처럼 청마경혼수를 전수받은 사람이 있는 것인데, 당연하게도 석자양은 이미 그가 누군지도 익히 잘 알고 있었다.

지난날 설무백이 개미굴의 주인으로 만든 정기룡이 바로 그 주인공이었다.

"그런 마음가짐이라면……."

설무백은 슬쩍 석자양을 향해 돌아서며 말했다.

"해 봐."

"예?"

석자양이 당황했다.

설무백은 대수롭지 않게 가슴을 두드렸다.

"어디 한번 그간 연마한 청마수로 나를 쳐 보라고."

"여기……서요?"

"응. 전력을 다해서. 그래야 제대로 가늠해 볼 수 있으니까."

"……."

석자양의 표정이 일그러졌다.

당황스러워서 어쩔 줄 모르는 기색이었다.

그도 그럴 것이, 지금 그와 설무백의 사이는 불과 다섯 자 남짓의 거리였다.

그야말로 코앞이었다.

제아무리 뛰어난 무공의 소유자인 설무백일지라도 이 정도 거리에서 전력을 다한 그의 공격을 받는다면 자칫 피하지 못할 수도 있으니 망설여지는 것이었다.

설무백은 머뭇거리는 석자양을 잠시 쳐다보다가 이내 지근거리에 대력귀와 함께 우두커니 서 있는 공야무륵에게 시선을 주며 물었다.

"최근에 연공중인 뇌부가 대성을 목전에 두고 있다고 했지?"

공야무륵이 희죽 웃으며 대답했다.

"예, 기대하십시오. 조만간 마라추살부법의 정점인 뇌격산화정(雷擊散和精)을 주군께 선보일 수 있습니다."

"그래, 기대하지."

설무백은 기꺼운 표정으로 고개를 끄덕여 주고는 재우쳐 말했다.

"근데, 우선 지금 대성을 목전에 둔 뇌부를 한 번 볼 수 있을까?"

"지금요?"

"응, 지금. 한번 날 쳐 봐. 적이라고 생각하고 전력을 다해서."

"알겠습니다."

공야무륵이 즉시 대답하고는 대번에 두 개의 도끼를, 바로 양인부와 낭아부를 꺼내 들었다.

설무백의 지시대로 전신의 공력을 끌어 올리는지 그의 전신을 감싼 공기가 아지랑이처럼 흔들렸다.

동시에 그의 신형이 지상을 박차고 높이 날아올랐고, 이내 양손의 도끼가 날개처럼 좌우로 활짝 펼치며 쾌속하게 떨어져 내렸다.

마치 먹이를 발견한 독수리와도 같은 모습이었다.

설무백은 무던히도 공야무릉의 모습을 지켜만 보고 있다가 그 순간에 한 손을 쳐들어서 하늘을 받쳤다.

공야무릉이 빠르게 떨어져 내리는 속도 그대로 양손의 도끼를 휘둘러서 내려쳤다.

설무백의 손과 머리를 그대로 짓이겨 버릴 것 같은 광경이었고, 실제로 그 정도의 위력이 담겨 있는 것처럼 보였다.

그러나.

투둑-!

태산이라도 두 조각, 아니, 세 조각 내버릴 것처럼 강렬하게 휘둘러진 공야무릉의 양인부와 낭아부가 어이없게도 주먹으로 모래주머니를 두드린 것보다도 더 미미한 소음과 함께 그대로 멈추었다.

설무백의 손바닥과 고작 한 치 앞이었다.

흡사 거대한 솜뭉치가 떨어지는 도끼를 가로막은 것처럼 보이는 상황이었다.

순간, 공야무릉이 이렇게 막힐 줄 알았다는 듯 본능처럼 빠르게 수중의 도끼를 품으로 당겼다.

초식의 변화를 주려는 것으로 보였다.

그때 쳐들려 있던 설무백의 손이 허공을 밀었다.

부웅-!

허공에 떠 있던 공야무릉이 미처 다른 초식을 전개하기도 전에 저만치 떠밀려 나갔다.

공야무륵이 연거푸 몸을 비틀어서 간신히 중심을 잡으며 바닥으로 내려섰다.

설무백은 무던히 서서 그 모습을 지켜보며 감탄했다.

"과연 다르군. 뇌부가 이 정도라면 뇌정(雷精)을 대성할 경우 나도 어느 정도 손해를 감수해야겠는 걸?"

"그러게 기대하셔도 좋다고 하질 않았습니까. 흐흐흐……!"

공야무륵이 기분 좋게 웃으며 수중의 도끼를 갈무리했다.

허무할 정도로 무력하게 격퇴당한 방금 전의 상황이 그에게는 너무도 당연해서 머릿속에 전혀 남지 않은 것 같았다.

설무백은 그런 공야무륵을 흐뭇한 표정으로 보다가 이내 슬쩍 고개를 돌려서 석자양을 바라보았다.

"어때? 뭐가 다른 것 같아?"

석자양은 주저 없이 나선 공야무륵의 태도는 차치하고, 도무지 눈으로 보면서도 믿을 수 없는 설무백의 무위에 완전히 압도되어서 돌처럼 굳어져 있었다.

그는 설무백의 질문을 듣고 나서 자신이 무슨 잘못을 했는지도 자각하지 못한 채 마냥 부끄러워서 얼굴을 붉혔다.

설무백은 그런 그를 부드럽게 바라보며 말했다.

"좋게 말하면 나를 걱정해 주는 마음이지만, 나쁘게 말하면 아직도 나를 그만큼 믿지 못한다는 거겠지."

석자양이 털썩 무릎을 꿇으며 머리를 조아렸다.

"죄송합니다, 주군!"

설무백은 눈살을 찌푸렸다.

"사과할 필요 없어. 잘못을 했다는 소리가 아니니까. 그저 이제라도 알아두라고. 내가 다른 그 어떤 마음보다 믿음을 더 바라는 사람이라는 거."

석자양이 고개를 들고 일어나서 물었다.

"그럼 아직 시험은 유효한 거죠?"

설무백은 피식 웃었다.

"그야 물론이지."

"감사합니다!"

석자양이 대뜸 깊이 고개 숙여 인사하고는 투지가 불타는 눈으로 그를 바라보며 말했다.

"신법보다는 권법에 매진했습니다. 칼만 쓰던 놈이 권법을 대하니 신기해서 그런 면도 있지만, 기본적으로 제가 경신술에 약하거든요. 대신 권법은 나름 성취가 있었습니다."

설무백은 가슴을 쳤다.

"어디 한번 해 봐."

석자양이 소리 없이 심호흡했다.

설무백을 공격하는 것이 아직도 여전히 부담스러운지 긴장하는 기색이 역력했다.

이건 믿음과 상관없는 습관의 문제라고 생각하며, 설무백은 눈에 힘을 주고 석자양을 바라보았다.

석자양이 그제야 작심한 표정으로 말했다.

"연속으로 갑니다!"

동시에 청광으로 물든 그의 손이 들리며 설무백의 가슴을 후려쳤다. 상당한 경지에 달한 청마경혼수였다.

설무백은 손을 들어서 석자양의 청마견혼수를 막았다.

팍-!

둔탁한 타격음이 울렸다.

석자양이 휘두른 손과 설무백이 들어 올린 손이 부딪히며 일어난 타격음이었다.

석자양이 그 순간에 누가 당긴 것처럼 뒤로 미끄러져 나가며 손을 뻗었다.

청광이 일렁이는 손이었다.

'장력?'

아니었다.

설무백은 본능에 앞선 감각에 따라 손을 들어서 석자양의 손에서, 정확히는 손가락에서 뻗어진 기운을 막았다.

빡-!

메마른 폭음이 터졌다.

팽팽하게 조여진 작은 가죽 북이 터져 나가는 소리였다.

가슴 앞으로 내밀어진 설무백의 손바닥에서 한줄기 연기가 피어나고 있었다.

설무백이 미처 예상하지 못한 청마혼원지(青魔混元指), 일명 청마지의 기운을 막아 낸 흔적이었다.

석자양의 안색이 파랗게 질려 있었다.

경악과 불신, 놀람과 당황에 미안함의 감정까지 한 데 버무려져서 뭐라고 형용하기 어려운 눈빛이었다.

그와 같은 와중에도 호기심은 버리지 못했는지, 그는 떠듬떠듬 물었다.

"어, 어, 어떻……습니까?"

"오성의 청마수와 청마지라……."

설무백은 짐짓 심드렁하게 중얼거리다가 이내 씩 웃으며 말을 덧붙였다.

"고생했네. 기룡이에게 창피는 안 당하겠다."

석자양이 어색하나마 만족한 표정으로 미소를 지었다.

그때 지근거리에 있던 석자문이 대뜸 설무백에게 달려들며 손을 휘둘렀다.

주먹도 아니고 손바닥도 아닌, 그렇다고 잡아채겠다는 금나술의 기법도 아닌 어정쩡한 동작이었다.

동작도 수법도 엉성한 청마경혼수였다.

설무백은 슬쩍 상체를 틀어서 석자문의 공격을 피했다.

절묘한 순간의 회피였다.

"에구……!"

표적을 놓친 석자문이 제풀에 중심을 잃고 휘청거리며 고꾸라지려 했다.

설무백은 한숨을 내쉬며 순간적으로 손을 내밀어서 고꾸
라지려는 석자문의 뒷덜미를 잡아챘다.

"뭐 하냐?"

석자문이 간신히 고꾸라짐을 면하고 설무백의 손에 매달
린 채로 고개를 들며 계면쩍게 웃었다.

"저도 한번 실력이 어떤가 시험을 좀…… 하하……!"

설무백은 웃는 얼굴에 차마 침은 뱉지 못하겠다는 표정으
로 나직이 타일렀다.

"조금만 더, 아주 조금만 더 연습하자, 응?"

그리고 슬쩍 손을 놓았다.

"악!"

뒷덜미를 잡힌 엉거주춤한 자세로 그의 손에 매달려 있던
석자문이 여지없이 앞으로 고꾸라졌다.

설무백은 아무렇지도 않게 그런 석자문을 외면하며 돌아
서서 발길을 재촉했다.

"서두르자. 애들 기다리겠다."

# 도산검림 刀山劍林 (5)

지엽적인 분쟁이 종종 일어나긴 했으나, 강호 무림의 분위기는 평화로웠다.

　남북대전이라는 말이 무색할 정도였다.

　오죽하면 북련과 남맹이 밀약으로 잠정적인 휴전을 했다는 소문이 공공연히 나돌고 있었다.

　그러나 그건 어디까지나 깊은 강물의 수면처럼 단지 겉보기에 불과했다.

　깊은 강물의 수면은 잔잔해 보이나 안으로 사납게 흐르는 격류를 내포하고 있다.

　작금의 강호 무림도 그랬다.

　실질적인 무력의 충돌로 사람이 죽어 나가는 싸움은 남북대전 이전과 비교해도 별반 차이가 없었으나, 다양한 암중모색(暗中摸索)이 숱하게 동원되어 보이지 않는 곳에서 벌어지는 암계와 음해의 전투는 극에 달해 있었다.

지난 이 년 사이에 북련과 남맹의 수뇌부가 무려 삼분지 일이나 바뀌었다는 사실이 그것을 대변했다.

암살이었다.

작금의 북련과 남맹은 종종 형식적인 것처럼 벌어지는 지엽적인 전투를 제외하면 보이지 않는 칼을 내세워서 적의 수뇌부를 제거하는 전력을 기울이고 있는 것이다.

그래서였다.

완전한 후방에 속하는 섬서성의 북부와 그보다 더 후방에 속하는 산서성의 중부까지도 북련의 경계가 펼쳐져 있었다.

천라지망(天羅地網)까지는 아니어도 요처로 가는 길목마다 어김없이 검문검색을 하는 북련의 초소가 자리 잡고 있는 것인데, 그럼에도 불구하고 설무백 등의 행보가 막히거나 지체되는 일은 벌어지지 않았다.

과거에는 몰라도 이제는 그게 당연한 일이었다.

풍잔의 이름은 이제 강호상에서 소문 없이 유명했다.

풍잔의 주인이 누군지 모르면 최소한 풍잔이라는 이름은 모두가 알고 있었다.

남북대전에 불참한 사천의 패주 사천당문과 비교되는 감숙의 패주가 바로 풍잔이었다.

그리고 바로 그 위상 덕분에 사천당문의 경우가 그렇듯 이 제 북련이나 남맹에 소속된 그 어느 방파도 풍잔과 척을 지려 하지 않았다.

그러나 설무백 일행은 공들여 얻은 그와 같은 특혜를 끝까지 누릴 수는 없었다.

풍화장의 존재는 극비였다.

설무백 일행은 그 바람에 섬서성의 북부를 가로지른 다음 산서성의 경계를 넘어서는 순간부터 잠행에 들어갔다.

설무백 일행은 그 누구도 이렇다 할 수가 없었기에 그것은 그리 어려운 일이 아니었다.

요처를 피해서 이동해야 하는 바람에 엿새의 여정에 하루가 더해졌을 뿐이었다.

설무백 일행은 그렇듯 이레 만에 산서성의 성도인 태원부에 무사히 도착했고, 곧장 태원부의 동문 밖, 산기슭에 자리한 풍화장으로 가서 양가장의 식구들과 본디 풍화장의 주인인 아이들을 만날 수 있었다.

설무백이 하오문의 석자문에게 따로 지시해서 은밀하게 풍화장을 건설하고, 그간 풍잔의 요인들이 극비리에 중원을 뒤져서 구해 낸 아이들을 이주시킨 지 일 년 반만의 일이었다.

"와, 이게 누구야? 우리 천재 조카님, 못 본 사이에 아주 용(龍)이 되었군그래! 하하……!"

풍화장에서 가장 먼저 설무백을 맞이한 사람은 이제 양가장의 가주가 된 채옹, 아니, 양웅(梁雄)이었다.

설무백의 이모부인 채옹은 역성복수(易姓復讎)를, 즉 자신의 성 씨를 양 씨로 바꾸어서 양가장의 대를 이으며 복수를 다짐했던 것인데, 그와 무관하게 걸걸하고 호탕하면서도 정이 넘치는 성격은 여전해서 버선발로 뛰어나와서 설무백을 맞이했다.

"그간 별고 없으셨습니까."

"내게 무슨 별고가 있겠나. 나야 그간 우리 조카님 덕에 내내 호의호식하고 있었지. 그보다……."

양웅이 정중히 공수하는 설무백의 어깨를 잡아채며 뒤쪽에 시립한 두 청년을 소개했다.

"인사 나누지. 인사해라. 이 아비가 늘 본받으라고 하던 너희들의 사촌 형이다."

약관으로 보이는 두 청년이었다.

아버지인 양웅을 닮아서 체구가 곰처럼 장대하고, 아버지 덕분에 채 씨에서 양 씨로 성 씨를 바꾼 그들이 더 할 수 없이 정중하게 포권의 예를 취했다.

"양위보(梁衛甫)입니다."

"양위명(梁衛命)입니다."

각기 한 살 터울로. 스물둘과 스물하나라고 했는데, 같은 덩치라도 느낌은 적잖게 달랐다.

첫째인 양위보는 미욱해 보일 정도로 우직한 면이 강한

데 반해 둘째인 양위명은 총기가 빛나는 두 눈에 야성처럼 사나운 야망도 만만치 않게 느껴지는 사내였다.

'첫인상만 보면 위보보다는 위명인데, 과연 실제는 어떨지 모르겠군.'

지난날 양웅이 양가장의 대를 잇기 위해서 성 씨를 바꾼다는 얘기를 전해 들은 설무백은 그 마음에 감동해서 양웅에게 외조부인 신창 양세기에게 물려받은 십자경혼창의 최후심득을 전해 주겠다고 약속했다.

하지만 양웅은 자신의 그릇은 거기에 미치지 못한다고 거부하며, 대신에 두 아들 중 마땅한 아이가 있는지 봐 달라고 부탁했다.

이에 설무백은 양웅의 부탁에 잊지 않고 외조부인 신창 양세기의 최후심득을 물려줄 양가창의 후예를 선별하려는 것이었다.

그때 뒤쪽에서 누군가 부리나케 달려오며 소리쳤다.

"사부님!"

생경한 느낌이 가미되긴 했으나, 매우 낯익은 얼굴의 사내였다.

소년 때에는 없던 구레나룻이 거뭇거뭇 자라있고, 이목구비는 거의 그대로지만 키는 훨씬 커지고, 체구도 많이 굵어져서 엄연히 다 자란 사내의 모습인 개미굴의 정기룡이었다.

숨을 헐떡이며 달려온 그 정기룡이 그대로 설무백의 면전에 엎드렸다.

"사전에 알았으면 가까운 거리에라도 마중을 나갔을 텐데, 죄송합니다, 사부님!"

설무백은 살짝 기운 실은 손으로 정기룡을 일으켰다.

손은 닿지 않았으나, 손에서 흘러나간 기운에 바닥에 엎드린 정기룡을 일으켜 세워 놓았다.

"과하다, 과해."

정기룡이 머쓱한 기색으로 웃으며 뒷머리를 긁적였다.

"죄송합니다, 사부님."

양웅이 놀랍다는 표정으로 끼어들었다.

"정 소협이 이렇게나 싹싹한 사람이었다니 정말 놀랍군. 내게는 내내 가시 돋친 고슴도치처럼 굴더니만 이렇게 웃을 줄도 알고, 완전히 딴사람인데 그래?"

정기룡이 어색한 기색으로 물러났다.

설무백은 그런 그의 어깨를 가볍게 두드리며 양웅을 향해 말했다.

"태생이 좀 각박해서 뾰족한 구석이 있기는 하지만, 정이 없는 녀석은 아니니, 오해 마시고 앞으로 잘 지내보세요."

"조카님의 제자라는데, 어디 여부가 있겠나. 걱정 말게. 한 가족으로 지내도록 하겠네."

양웅이 기꺼운 표정으로 대구하고는 재우쳐 뒤쪽으로 손을 뻗으며 말했다.

"여기서 이럴 게 아니라 어서 안으로 들지. 안 그래도 조카 님을 기다리는 아이들이 무척이나 많은 눈치더군."

정기룡이 재빨리 나섰다.

"제가 안내하겠습니다."

설무백은 묵묵히 수긍하며 양웅 등과 함께 정기룡의 뒤를 따라서 발길을 옮겼다.

석자문과 석자양이야 차치하고, 공야무륵이나 위지건, 대력귀 등은 양웅 등과 초면이었으나, 통성명은 뒤로 미루었다.

애써 서두르진 않고 있지만, 은연중에 몸이 달아서 안절부절못하는 기색인 대력귀의 눈치가 보여서 그럴 수박에 없었다.

여기 풍화장의 아이들 중에는 과거 대력귀가 설무백을 만나기 전에 보살피던 아이들도 포함되어 있는 것이다.

물론 설무백은 못내 서두르는 와중에도 풍화장의 전경을 유심히 살펴보는 것도 잊지 않았다.

아직 그가 밝히진 않았으나, 풍화장은 아이들만을 위한 장소가 아니었기 때문인데, 보통의 장원과 달리 높은 담벼락 안에 다섯 개의 정원과 스물여덟 개의 크고 작은 전각으로 구성된 풍화장의 내부 구조에 매우 만족한 그가 도착한 곳은 후원가의 드넓은 공터였다.

연무장처럼 보이는 그 공터에는 어림잡아도 천 명에 육박하는 아이들이 모여 있었다.

바로 개미굴의 아이들과 대력귀가 보살피던 보육원의 아이들, 그리고 그동안 풍잔이 극비리에 전력을 다해 강호 무림을 뒤져서 찾고 구해 낸 아이들이었다.

　　설무백은 기껍게 아이들 사이를 돌며 인사를 나누었다.

　　대부분의 아이들이 다 반갑게 그를 맞이했지만, 인연이 깊은 개미굴의 아이들이 특히나 그를 반겼다.

　　설무백은 적잖은 시간 동안 그렇게 아이들 사이를 돌다가 어느 한순간 조용히 뒤로 물러났다.

　　그리고 과거 자신이 보살피던 보육원의 아이들과 둘러앉아서 수다를 떨고 있는 대력귀를 지켜보며 내내 곁을 따르던 양웅에게 조용히 물었다.

　　"누군지 아세요?"

　　양웅이 대답했다.

　　"여기 와서 들었네. 몇몇 아이들이 그러더군. 대력귀라고."

　　"예, 맞습니다."

　　설무백은 가만히 고개를 끄덕이며 대답하고는 재우쳐 물었다.

　　"여기 아이들의 보모를 시킬 생각인데, 괜찮겠습니까?"

　　양웅이 묘하다는 눈치로 잠시 그를 바라보다가 이내 피식 웃었다.

　　"혹시나 했는데, 역시나 전갈을 받은 것처럼 당분간 여기 아이들을 지켜 달라는 얘기가 아니었나 보군."

설무백은 거두절미하고 그동안 자신이 품고 있던 계획을 있는 그대로 솔직하게 털어놓았다.

"여기 풍화장은 우리 풍잔의 풍(風) 자와 어머니의 함자 중화(花) 자를 붙여서 지어진 이름입니다. 요컨대, 불초한 아들이자, 외손자인 제가 어머니를 위하고, 외조부의 유지를 받들어서 양가장의 미래를 위해 마련한 장소인 겁니다."

양웅의 눈이 커졌다.

격정에 휩싸인 그는 말조차 제대로 하지 못하고 더듬었다.

"조, 조카님······!"

설무백은 새삼스러운 눈빛으로 연무장의 아이들을 둘러보며 말했다.

"다들 어려운 시기를 겪으며 영민해진 아이들입니다. 성심성의껏 제대로만 가르친다면 양가장의 미래에 막대한 반석이 되리라 믿어 의심치 않습니다."

그는 슬쩍 양웅에게 시선을 주며 가볍게 웃는 낯으로 덧붙였다.

"아, 물론, 적어도 서너 해는 풍화장의 이름을 그대로 쓰셔야 할 겁니다. 수치라면 수치지만 어쩔 수 없습니다. 그래야 괜한 파리들이 꼬이지 않을 테니까요. 그리고······!"

양웅이 더 이상 듣지 않고 설무백의 손을 덥석 잡으며 격앙된 목소리로 말했다.

"무슨 말이 더 필요하겠나! 알았네! 마땅히 내가 해야 할 일을 조카님이 이리 대신해 주니, 이 사람은 그저 몸 둘 바를 모를 뿐일세! 참으로 고맙고, 또 고맙네! 빠른 시일 내로 무저갱에 거하는 가솔들을 마저 이주시키도록 하고, 이 터전을 기반으로 기필코 양가장을 일으켜 세우도록 하겠네!"

설무백은 한층 더 힘주어 움켜쥐는 양웅의 두 손에서 뜨거운 감정이 전해져서 더는 다른 말을 할 수가 없었다.

말문이 막혀 버린 그는 어쩔 수 없이 나머지 당부를 다 생략하고 마지막으로 하려던 말을 꺼냈다.

"외조부께서 귀천하시기 전에 제게 남겨 주신 양가창의 최후심득인 십자경혼창의 후삼식(後三式)을 위보와 위명에게 전해 주겠습니다. 대신 그간 양가장의 혈족이 아니면 접할 수 없는 십자경혼창의 전칠식(前七式)을 여기 있는 모든 아이들이 배울 수 있도록 길을 열어 주십시오."

양웅이 한 대 맞은 표정으로 굳어져서 설무백을 바라보았다. 그러다가 이내 한숨을 내쉬며 말했다.

"솔직히 말해서 실질적으로 양가장의 대를 이은 것은 내가 아니라 바로 조카님일세. 따라서 조카님이 그런 결정을 내린다면 나는 거절할 명분이 없네. 그러니 그저 하나만 묻겠네. 조카님은 진정 그리해도 우리 양가장과 돌아가신 빙장어른께 아무런 누가되지 않으리라고 보는가?"

"이건 누가 아니라 기회입니다!"

설무백은 단호하게 잘라 말했다.

"오늘의 변화가 양가장의 새로운 역사가 되어서 양가창의 명성을 천하에 알리는 계기가 될 테니까요!"

그날 밤, 설무백은 자신의 거처로 양위보와 양위명을 불러서 양가창의 진수인 십자경혼창의 후삼식의 구결을 전해 주었다.

그리고 새벽을 기다렸다가 남몰래 풍화장을 빠져나와서 태원부의 성내로 들어갔다.

돌아가기 전에 할 일이 있었다.

도산검림 刀山劍林 (6)

"예로부터 산서무림은 일강삼중삼약(一强三中三弱)의 구도를 가졌고, 삼중(三中)의 하나인 항산파(恒山派)가 북부의 끝자락에 속하는 항산(恒山)에 자리한 것만 빼면 나머지는 다 성도인 태원부와 인근에 자리 잡고 있습니다."

"물론 군소 조직은 제외한 것이겠지?"

"옙. 이는 지역마다 암약하는 소규모 조직은 완전히 제외한 구도입니다."

"계속해 봐."

"우선 일강(一强)은 아시다시피 강북사패의 하나이자, 우리가 남몰래 태행산(太行山) 자락에 풍화장을 마련할 수 있도록 힘을 써 준 게 산서벽력당이고, 항산파를 제외한 삼중의 나머지 둘은 비붕방(飛鵬幇)과 칠귀보(七鬼堡)이며 삼약(三弱)은 비사문(飛蛇門), 삼수방(三獸幇), 철기당(鐵器黨)으로, 위치는 역시나 다들 태원부의 성내와 인근 외곽에 터를 잡고 있습니다."

"결국 멀리 떨어진 항산파는 아닐 테고, 어디어디야? 산서벽력당의 눈 밖에서 수상쩍은 행동을 보이는 애들이?"

"그게 철기당을 제외한 전부 다입니다."

"의외네? 산서벽력당의 당대 당주인 이화존(離火尊) 도연(導鍊)이 비록 일찍이 사고로 아들을 여의기는 했으나, 백수(白壽 : 99세)의 나이가 무색하게 여전히 정정하고, 뒤를 받쳐주는 친인척도 한둘이 아닌데다가, 종손인 염마수 도염무만 해도 떠오르는 신흥 강자이며, 예하의 뛰어난 가신(家臣)들도 적지 않은 것으로 아는데, 어찌 그렇지? 그리도 인덕이 없는 사람이었나, 이화존이?"

"이건 인덕의 문제가 아닙니다. 야망과 탐욕의 문제지요. 인간이 본디 현실에 만족하는 동물이 아니질 않습니까."

"새 역사를 꿈꾼다는 건가?"

"언감생심 벽력당을 건드리는 짓은 못할 겁니다. 북련든 둘째 치고, 북경상련이 배후에 있는데, 감히 어찌 벽력당을 넘보겠습니까. 어림도 없지요. 그저 벽령당의 눈 밖에서 세력을 넓히려는 것이 아닌가 싶습니다. 그런 욕심을 낼 만한 시기거든요, 지금이."

"지금이 어떤 시기인데?"

"주군께서도 아시다시피 벽력당은 산서뇌화가라는 일개 가문과 그에 속한 가신들만으로 시작한 방파인데다가, 무공보다는 화기에 집중된 그들의 특성상 기본적으로 소수의 인원입니다. 그런데 최근 이화존 도연이 노구에도 불구하고 북련주의 도움을 뿌리치지 못해서 몇몇 가신들과 함께 북련의 총단에 나가 있습니다. 벽력당 몰래 무언가 수작을 부리려면 지금이 적기인 거죠."

"주도적으로 움직이는 자가 있겠지?"

"비붕방주인 팔비창(八臂槍) 비연종(費延種)입니다. 요즘 칠귀보의 일곱 귀신과 비사문의 금사(金蛇) 악패(岳狽), 삼수방의 세 잡종을 자주 만나고 다닙니다."

"철기당은 본디 벽력당의 가신으로 있다가 허락을 받아서 독립한 단철장(斷鐵掌) 추경(推炅)이 꾸린 방파라고 했던가?"

"예, 그렇습니다. 비연종이 철기당을 따돌리는 이유가 분명 그 때문일 겁니다. 그런 태도를 보면 그럴 리가 없다고 생각하면서도 언감생심 벽력당을 노리는 게 아닌가 싶기도 하고…… 아무튼, 풍화장에 매우 위협이 되는 녀석들인 것만큼은 확실합니다."

"비붕방의 위치는?"

"태현부 최고의 번화가이자, 부촌으로 꼽히는 서문대로(西門大路)변의 조양방(朝陽坊)에 있습니다."

설무백은 풍화장을 나서기 전에 석자문과 나눈 대화를 상기하며 오색의 등불로 가득한 거리를 훑어보았다.

　태현부의 서문대로였다.

　서문대로변의 조양방이 태현부에서 최고의 번화가이자, 부촌으로 꼽힌다는 석자문의 정보는 사실로 보였다.

　남북전쟁의 여파 속이고, 축시(丑時 : 오전 1~3시)의 끝자락인 새벽이라 그런지 오가는 향락객은 그리 많지 않았으나, 불야성을 이루며 줄지어 늘어선 화려한 전각군이 그것을 대변하고 있었다.

　비붕방은 그런 불야성의 끝자락에서부터 시작되는 조양방의 중심에 자리 잡은 장원이었다.

　강북에서도 북평과 가까운 지역이라서 그런지 지난 날 설무백이 가 보았던 북경상련의 대저택과 흡사한 형태에 규모만 조금 작을 뿐이었다.

　"괜한 소란은 피하자."

　대문에 다가서기도 전에 이미 장원의 규모와 내부의 동정을 살핀 설무백은 짧게 언질하며 그대로 날아올랐다.

　뒤따르던 공야무륵과 위지건이 대번에 지상을 박차고 날아올라서 그의 뒤에 붙었다.

　장원의 높은 담과 정원, 파도처럼 굽이치는 전각의 기와가 빠르게 그들의 발밑으로 흘러 지나갔다.

바람처럼 빠른 속도임에도 일체의 소리도 내지 않는 이동인데, 와중에도 설무백은 주변의 동향을 면밀히 파악했고, 그래서 어렵지 않게 찾아냈다.

다른 지역과 확연히 다른 경계가 펼쳐진 전각이 하나가 있었다.

그는 즉시 하강해서 전각의 입구 앞으로 내려섰다. 그리고 거기 입구를 지키고 있다가 느닷없이 나타난 그를 보고 기겁하며 소리치려는 사내의 입을 한손으로 막고 물었다.

"여기가 비연종의 거처냐?"

사내가 대번에 고개를 끄덕였다.

갑작스러운 그의 등장에 놀라고, 형용할 수 없이 강렬한 위압감을 발산하는 그의 눈빛에 완전히 압도당한 사내가 지금 자신이 무슨 행동을 하는지도 전혀 모르는 것 같은 눈치였다.

설무백은 그런 사내의 수혈(睡穴)을 점해서 잠들게 만들며 전각의 벽에 기대 놓았다.

그사이 전각의 주변에서 미세한 소음이 연이어 들려왔다.

공야무륵과 위지건, 그리고 암중에서 따르는 혈영 등이 전각 주변을 돌며 경계자들을 잠재우고 있었다.

설무백은 묵묵히 전각의 문을 열고 안으로 들어갔다.

문 안은 작은 현관을 통해서 거실로 연결되어 있었고, 거실의 안쪽에는 내실로 통하는 문이 달려 있었다.

그는 주저하지 않고 그 문을 열며 내실로 들어섰다.

"누구……?"

내실은 방이었다.

방 한쪽에 있는 침상에 누워서 잠들어 있던 사내 하나가
깨어나며 상체를 일으켰다.

밀폐된 공간이라 달빛이 드리워진 외부와 달리 매우 어두
웠으나, 맹금보다 더 고도로 발달한 설무백의 눈은 대수롭지
않게 침상의 사내가 바로 석자문의 설명과 일치하는 비연종
임을 첫눈에 알아볼 수 있었다.

하지만 확인은 필요했다.

"비연종?"

상체를 일으키던 비연종이 순간적으로 튀어 오르더니, 침
상 머리에 걸어 둔 한 자루 장창을 잡아채며 설무백을 찌르
고 들었다.

막 잠에서 깨어난 사람이라고 생각할 수 없을 정도로 기
민한 공격이었다.

비연종의 팔비창이 섬서일절이라더니, 빠르게 쇄도하는
창극의 기세도 노도처럼 신랄했다.

그러나 아무리 그래도 설무백의 눈에는 우스워 보였다.

이건 강물이 용왕묘(龍王廟)를 침범한 격이었다. 그는 누가
뭐래도 천하제일창인 신창 양세기의 진산절예에 이어 최후

심득까지 모조리 습득한 양가창의 전인인 것이다.

타닥-! 턱!

설무백은 그대로 가만히 서 있다가 창극이 코앞에 이르자 손을 내밀어서 창대를 옆으로 내치고, 옆으로 비켜 나가는 창극을 정확히 보며 다시 손을 내밀어서 비연종의 목을 움켜 잡았다.

상대, 비연종의 입장에서는 피하고 싶어도 피할 수 없는 쾌속한 제압이었다.

"컥!"

"조용조용."

비연종은 조용히 하지 않았다.

하지만 가까운 사람도 겨우 들을 수 있을 정도로 나직하고 조심스러운 목소리로 말을 더듬었다.

강렬한 손의 완력과 어둠속에서도 빛을 발하는 설무백의 위압적인 두 눈에 완전히 압도당해 버린 모습이었다.

"누, 누구⋯⋯?"

설무백은 그런 비연종을 지그시 바라보며 말했다.

"나 풍잔의 설 아무개라는 사람인데, 잠시 얘기 좀 할까?"

비연종이 추호도 망설이지 않고 빠르게 고개를 끄덕였다.

하관이 삐쭉 튀어나온 얼굴에 찢어진 실눈이라 족제비를 닮은 그의 얼굴에는 경악과 두려움이 드리워져 있었다.

그는 풍잔의 이름도, 설 아무개가 누구인지도 아는 것이 분명했다.

설무백은 그제야 비연종의 목을 놓아주며 거실로 나왔다.

이유 여하를 막론하고 적에게 등을 내보이는 것은 있을 수 없는 일이었으나, 그는 전혀 상관하지 않았다.

지금의 비연종은 죽었다가 깨어나도 자신의 적이 될 수 없음을 그는 이미 알고 있었다.

과연 비연종은 풀 죽은 개처럼 어깨를 늘어트린 채 그의 뒤를 따라서 거실로 나왔다.

명색이 힘깨나 쓰는 산서무림의 명숙으로 알려진 고수가 단순히 기세 눌려서 항복한 것인데, 그렇게 거실로 나온 그는 한층 더 긴장해서 마른침을 삼켰다.

거실에는 어느새 주변 정리를 끝내고 들어온 공야무륵과 위지건이 마치 장승처럼 밖으로 통하는 문 앞을 지키고 서 있었다.

"신경 쓰지 말고 거기 앉아."

설무백은 거실의 안쪽을 차지하고 있는 다탁의 의자에 태연히 앉으며 비연종에게 맞은편 자리를 권했다.

비연종이 눈치를 보며 다가와서 맞은편 의자에 앉았다.

설무백은 그런 그를 무심하게 바라보며 말했다.

"용건만 간단하게 말하지. 묻지도 말고 따지지도 말고 그냥 지금 이 순간부터 그게 무엇이든 당신이 하고자 했던 모든 일에서 손을 떼고, 이대로 지금의 자리와 모습에 만족하며 살아. 그럼 살려 주지."

그는 상체를 탁자에 기대서 보다 가까이 비연종의 시선을 마주하며 재우쳐 물었다.

"어때? 할 수 있겠어?"

비연종의 두 눈이 불안하게 흔들리더니, 이내 곤혹스러운 표정을 지으며 말을 더듬었다.

"무, 무슨 얘기를 어, 어디까지 알고 왔는지는 모르겠으나, 보, 본인은 어, 얼마든지 그럴 수 있소. 하, 하지만, 거부할 사람들이……!"

"당신 얘기만 해."

설무백은 매섭게 말을 잘랐다.

"내가 지금 당신에게 다른 사람의 얘기를 묻는 건가?"

비연종이 바짝 긴장한 채로 서둘러 대답했다.

"할 수 있소! 그렇게 하겠소!"

설무백은 이제야 됐다는 듯 고개를 끄덕이며 말했다.

"좋아. 그럼 지금 당장 사람을 보내서 칠귀보의 일곱 귀신과 비사문의 악패, 그리고 삼수방의 세 잡종을 이리로 불러. 개네들에게도 할 얘기가 좀 있으니까."

비연종이 빠르게 구르는 눈동자로 설무백의 눈치를 보며 조심스럽게 물었다.

"지, 진정이오? 저, 정말 그들을 부르라는 거요?"

설무백은 대답 대신 의자의 등받이에 등을 기대며 불편한 기색을 드러냈다.

비연종이 정신을 차린 것처럼 눈을 크게 뜨고는 밖을 향해 크게 소리쳤다.

"마진(馬榛)! 마진, 어디 있느냐!"

비연종이 고래고래 한참 동안 악을 쓴 다음에야 늙수그레한 노인 하나가 허겁지겁 달려왔다.

친위대의 대장인 마진이 아니라 총관 진노육(陳老六)이라는 자였는데, 그는 마진이 어디를 갔는지는 몰라도 잠시 자리를 비운 것 같다고 했다.

설무백은 이미 마진이라는 자가 밖에서 경비를 서던 자들 중의 하나임을 인지하고 있었으나, 굳이 알려 줄 필요성은 느끼지 못해서 그저 지켜만 보았다.

비연종이 그런 그의 마음을 아는지 모르는지 불호령을 내리려다가 눈치를 보며 그만두고는 진노육에게 당장에 가서 칠귀보의 수뇌들인 칠귀(七鬼)와 비사문의 악패, 그리고 삼수방의 수뇌들인 삼수(三獸)를 불러오라고 명령했다.

진노육은 장내에 자리한 설무백 등을 보며 무언가 많이 의심스러운 표정이었으나, 비연종의 불같은 표정에 눌린 듯 아무런 말도 못하고 밖으로 사라졌다.

그리고 한 식경 정도가 지났다.

진노육이 자신과 엇비슷한 중늙은이 하나를 데리고 돌아왔다.

칠귀보의 일곱 수뇌인 칠귀의 대형이라는 잔백귀(殘魄鬼) 조인(組靭)이 바로 그였다.

설무백은 쓰게 입맛을 다셨다.

무언가 알고 있다는 듯 의미심장한 미소를 건네고 있는 조인의 태도도 마음에 들지 않았지만, 그에 앞서 그가 대기하던 비연종의 거처가 완벽하게 포위되었음을 간파했기 때문이었다.

아니나 다를까, 비연종이 언제 자신이 쭈그리고 앉아서 전전긍긍했냐는 듯 허리를 피고 그를 향해 빙그레 웃으며 비아냥거렸다.

"순진하게 사람을 너무 믿어. 그거 정말 좋지 않은 버릇이다, 너? 큭큭큭……!"

도산검림 刀山劍林 (7)

설무백은 비연종의 말을 듣고도 별다른 감정의 변화가 없었다. 애써 화를 누르는 것이 아니라 그냥 화가 나지 않았다. 애초에 기대가 없었으니 속았다는 기분도 들지 않는 것이다.

　비연종이 그런 그의 모습을 보고 조금 위축되었다. 무언가 이건 아닌데 하는 불길한 기분에 사로잡힌 기색이었다.

　설무백은 그에 아랑곳하지 않고 불쑥 물었다.

　"얼마나 되지?"

　못내 당황한 비연종이나 은연중에 설무백 등의 눈치를 살피는 잔백귀 조인을 향한 질문이 아니었다.

　그들이 '뭐지?'하며 눈을 깜빡이는 사이, 누군가의 목소리가 들려왔다.

"대략 이백여 명입니다."

거실에 있는 사람의 목소리가 아닌데, 마치 거실에 있는 사람처럼 선명하게 거실을 맴도는 목소리였다.

나름 계략을 꾸며서 반전을 도모한 비연종이나 그들만의 흑화(黑話 : 암호)를 통해서 수하들을 이끌고 나타난 조인은 전혀 모르지만, 바로 고도의 은신술로 암중에 도사린 혈영이었다.

그러나 이백여 명이라는 인원은 적지 숫자가 아니었다. 적어도 어쩔 수 없이 다시금 불길한 기분에 사로잡히던 비연종의 가슴에 어느 정도 용기를 불어넣어 주는 숫자였다.

이럴 때 한마디 희롱을 않는다면 산서의 패권을 도모하려는 비연종이 아닐 것이다.

"순진하게 사람을 너무 믿었다니까?"

설무백은 슬쩍 비연종을 보더니, 지나가는 말로 한마디 흘리며 외면했다.

"어리석게도 무시를 믿음으로 아네."

비연종은 무슨 뜻인지 몰라서 잠시 생각하다가 뒤늦게 깨들으며 울컥했으나, 화를 낼 기회는 없었다.

그를 외면한 설무백이 무심하게 조인을 쳐다보며 다짜고짜 묻고 있었다.

"나머지 육귀(六鬼)도 같이 왔나?"

작은 체구에 머리가 듬성듬성 빠진 중늙은인 잔백귀 조인은 대답을 미룬 채 한층 더 유심히 상대인 설무백과 뒤쪽에 시립한 두 사내를 살펴보았다.

그의 눈에 들어온 설무백은 철없이 자란 건방진 귀공자 정도였고, 뒤쪽의 땅딸보와 허우대 멀쩡한 덩치는 돈깨나 들어서 구한 인보표(人保鏢 : 경호원)로밖에 보이지 않았다.

왠지 모르게 불안한 기색인 비연종의 태도가 못내 마음에 걸려서 살피고 또 살펴봐도 별다른 점을 발견할 수 없었다.

사람을 보는 그의 눈은 딱 거기까지가 한계였고, 그래서 엉뚱하게 다른 생각을 했다.

'이자가 지금 날 놀리려는 수작인가?'

평소 생긴 것처럼 족제비같이 구는 비연종이라면 얼마든지 그럴 수 있었다.

그게 아니라면 그간 그가 비연종을 너무 높게 평가한 것이든가.

이유야 어쨌든, 지금 그가 약하게 나갈 이유는 전혀 없었다.

그렇게 결론이 내려지자, 그는 절로 미소를 지으며 대꾸했다.

"내가 그걸 알려 줄 이유가 뭐지?"

설무백은 눈앞의 조인이 무슨 생각으로 이리 거만하게 나오는지가 너무 뻔히 보여서 짧은 대꾸로 궁금증을 해소해 주었다.

"죽기 싫으면."

조인이 같잖은 언행이 눈에 거슬려 불쾌하다는 듯 웃으며 허리에 매달린 칼을 뽑아 들었다.

낫처럼 휘어진 쇄겸도(鎖鎌刀)였다.

그는 위협하듯 쇄겸도의 시퍼런 서슬을 이리저리 살펴보며 말했다.

"너에게 그럴 재주가 있나 모르겠네? 밖에 있는 애들은 둘째 치고, 내가 이래 봬도 바닥에서 꽤나 잘나가는 놈이라서 말이야."

설무백은 한숨을 내쉬며 탄식했다.

"내가 무르게 보이긴 하나 봐. 좋은 말로 하면 꼭 이렇게 대드는 애들이 있어요. 공야무륵!"

공야무륵이 먼저 물으며 나섰다.

"죽일까요?"

설무백은 짧게 승낙했다.

"죽여!"

공야무륵이 즉시 튀어나갔다.

시위를 떠난 화살처럼 빠르게 쏘아지며 허리의 도끼를 뽑아 드는 데 가벼운 옷자락 소리 하나 나지 않았다.

"헉!"

조인이 기겁해서 물러나며 수중의 쇄겸도를 뻗어 냈다.

계획된 반격이 아니라 누가 때리려고 하면 반사적으로 움

천외천의
주인

츠러들며 손을 쳐드는 것처럼 옹색해 보이는 반응이었다.

분명 쇄겸도를 다루는 그의 능력은 산서에서 손가락에 꼽힐 정도로 뛰어났으나, 설무백이 아는 전생의 능력을 거의 절반 이상 따라잡아 살인마의 기세를 드러낸 공야무륵과 비교하면 어른과 어린아이의 차이였다.

공야무륵은 실제로 조인을 그렇게 상대했다.

부수적인 행동을 일체 배제한 채 도끼를 뽑아 들며 빠르게 다가선 그는 높이 쳐든 도끼, 양인부로 조인이 얼떨결에 뻗어 내는 쇄겸도를 그냥 사정없이 내려쳤다.

싸움은 그것으로 끝이었다.

콰직-!

섬뜩한 소음이 울리며 피와 뇌수가 튀었다.

공야무륵이 내려친 양인부가 앞을 막아선 쇄겸도를 그대로 밀고 들어가서 조인의 머리를 박살 내 버린 것이다.

쿵-!

머리를 잃은 조인의 몸뚱이가 뒤늦게 바닥으로 쓰러졌다.

뒤늦게 현실을 파악한 진노육이 비명도 지르지 못한 채 엉덩방아를 찧었다.

넋을 놓고 있던 비연종은 조인의 몸뚱이가 쓰러지는 소리가 천둥소리처럼 들렸는지 기겁하며 자라목을 하고 있었다.

공야무륵이 수중의 양인부를 한쪽 발바닥에 툭툭 쳐서 피를 털어 내며 비연종을 일별했다.

"저놈은요?"

설무백에게 묻는 말이었다.

설무백은 슬쩍 손을 들어서 기다리는 시늉을 하며 엉덩방아를 찧은 진노육을 향해 물었다.

"내가 부르라고 한 애들 다 부른 건가?"

진노육이 엉덩이를 뒤로 끌며 말을 더듬었다.

"아, 아니, 그, 그게 우선 치, 칠귀보에 연락해서 도, 도움을 청하라는 흐, 흑화라서……."

"좋아. 그럼 지금 다시 가서 나머지 애들도 마저 불러와. 가면서 밖에 있는 애들은 안으로 들여보내고."

"예……?"

"그냥 쉴래? 다른 사람 시킬까?"

"아, 아닙니다! 제가 다녀오겠습니다!"

진노육이 발딱 일어나서 밖으로 뛰었다.

"잠깐!"

설무백은 급히 밖으로 나서려는 진노육을 불러 세웠다.

진노육이 문고리를 잡은 채 겁에 질린 모습으로 부들부들 떨며 설무백을 돌아보았다.

"왜, 왜 그러시는지……?"

설무백은 나직이 당부했다.

"이번에는 아무 소리 말고 그냥 데려오라는 소린 거 잘 알지?"

"여, 여부가 있겠습니까! 틀림없이 그렇게 하겠습니다!"

진노육은 바짝 군기 든 졸병처럼 크게 대답하고는 혹시나 설무백의 마음이 변할까 두려웠는지 후다닥 밖으로 뛰어나갔다.

그리고 약간의 시간이 지나자 밖에서 서두르는 인기척이 느껴지더니, 이내 험상궂은 여섯 사내가 안으로 들어왔다.

잔백귀 조인의 의형제들인 칠귀보의 나머지 여섯 수뇌였다.

진노육이 어떤 말을 해서 들여보냈는지는 모르겠으나, 안으로 들어선 그들은 별다른 경계심이 없었다.

자신들을 대기시켜 놓고 먼저 들어간 조인이 이미 벌어졌던 사달을 다 정리했다고 생각했는지 그저 남의 집에 처음 들어가는 사람처럼 기웃기웃 두리번거리는 것이 다였다.

그러다가 누군가 한 사람이 먼저 피 바닥에 엎어진 잔백귀의 머리 없는 주검을 보고 소리쳤다.

"이, 이거 뭐야? 대형이잖아!"

조인의 시체를 확인한 그들은 거의 동시에 병기를 뽑아 들고 눈을 희번덕거렸다.

살기가 비등했다.

설무백은 그 순간에 담담한 어조로 말문을 열었다.

"귀하들의 대형인 조인은 성격이 너무 급해서 살 수 있는 방법도 듣지 못하고 죽었다. 그러니 귀하들은 부디 같은 실수를 반복하지 않기를 바란다."

하나같이 성마르게 육귀는 보기보다 신중했다.

선뜻 나서지 않고 화를 억누르며 기민하게 눈빛을 교환하더니, 하나가 나서서 비릿하게 웃는 낯으로 물었다.

"우리에게 살 수 있는 방법이 있다는 것이 무조건 네가 알려 주는 방법대로 행동해야 우리가 살 수 있다는 뜻인가?"

"물론이지."

"그래서 그 방법은?"

반문하는 자는 주독이 오른 듯 붉게 달아오른 딸기코가 이채로운 사십대의 거한이었다.

사전에 석자문을 통해 들은 정보에 따르면 칠귀의 둘째인 주귀(酒鬼) 반소(般騷)가 분명할 텐데, 말을 하면서 그의 태도를 살핀 설무백은 내심 고소를 금치 못했다.

주귀 반소의 태도에는 열의가 없었고, 똑바로 바라보지 않고 있는 눈빛에는 사심이 가득했다.

관심을 보이는 척하며 사태를 파악하려고 애쓰는 기색인 것이었다.

그러나 그게 어딘가.

설무백은 성마른 성격이라고 알려진 자가 막무가내로 나서지 않고 있다는 것에 높은 점수를 주며 앞서 비연종에게 밝혔던 살 수 있는 방법을 말해 주었다.

"아무것도 묻지 말고 그냥 지금 이 순간부터 그게 무엇이든 귀하들이 하고자 했던 모든 일에서 손을 떼고, 지금에 만족하며 사는 거다. 그럼 살 수 있다. 할 수 있겠나?"

반소가 대답 대신 웃었다. 그리고 아무런 사전 동작도 없이 갑작스레 설무백에게 달려들며 소리쳤다.

"쳐라!"

반소는 역시나 설무백의 말에 관심을 가진 것이 아니었다.

잔백귀의 죽음에 적잖게 긴장해서 섣불리 행동하지 않으며 사태를 파악하기 위해 관심을 가지는 척했을 뿐이었다.

그리고 아쉽게도 자신의 눈에 우두머리로 보이면서도 가장 약해 보이는 설무백을 제압해서 이해하기 어려운 사태를 해결하자는 결론을 내렸다.

물론 그건 잘못된 결론, 오판이었다.

무시한 건지 아니면 사로잡을 욕심에 그런 건지는 몰라도, 반소는 병기조차 뽑지 않고 맨손으로 달려들고 있었다.

설무백은 슬쩍 한손을 내밀어서 그런 반소의 목을 가볍게 움켜잡아 버렸다.

반소의 입장에서는 뻔히 보면서도 피하지 못하는 기묘한 수였다.

"컥!"

졸지에 사로잡혀서 숨이 막혀 버린 반소의 입에서 억눌린 신음이 흘러나오는 그 순간, 주변에서는 핏물이 튀고 살점이 날리며 단말마가 이어졌다.

"으악!"

"크아악!"

반소의 명령에 따라 나섰던 칠귀보의 나머지 다섯 귀신은 실제로 구천을 헤매는 귀신으로 변하고 있었다.

공야무륵이 기다렸다는 듯이 양인부를 휘둘러서 앞으로 튀어나오는 두 사내의 목을 베어서 머리를 날려 버렸고, 느긋하게 움직이는 것 같았으면서도 사실은 공야무륵과 비등한 속도로 나선 거구의 위지건이 함지박처럼 큰 두 손아귀로 달려드는 두 사내의 머리를 움켜잡아서 수박처럼 터트려 버렸다.

가장 뒤에 있어서 가장 늦게 앞으로 나선, 아니, 나서려 했던 마지막 다섯 번째 귀신은 비명도 지르지 못하고 죽었다.

순간적으로 모습들 드러낸 혈영의 칼이 앞으로 나서려던 그의 몸을 머리에서 사타구니까지 수직으로 갈라 버렸기 때문이다.

후두두둑-!

붉은 피와 살점, 허연 뇌수가 사방으로 튀어서 벽과 천장, 바닥을 물들였다.

장내는 어느새 한 장의 지옥도로 변했다.

그리고 그사이, 설무백의 손에 목덜미를 잡혔던 반소의 검붉은 얼굴이 정상이라면 도저히 그럴 수 없는 방향으로 꺾어졌다.

설무백이 손아귀에 힘을 가한 까닭이었다.

털썩―!

비연종이 그대로 주저앉으며 사시나무처럼 부들부들 몸을 떨었다.

다른 누구보다도 칠귀의 능력을 잘 알고 있는 그로서는 그럴 수밖에 없었다.

초특급이라고 말할 수는 없지만 능히 특급은 되는 고수들이 바로 칠귀보의 수뇌들은 칠귀였다.

그런 칠귀를 그야말로 눈 깜짝할 사이에 죽여 버리는 설무백 등의 모습은 이제 그에게 진짜 귀신처럼 보였다.

그때 그 귀신들의 대장인 설무백이 반소의 주검을 한쪽으로 내던지며 말했다.

"쓸 만한 머리 하나 들고 나가서 얘들 다음 서열인 애들 한둘만 데리고 들어와."

"옙!"

공야무륵이 즉시 대답하고는 주변을 두리번거리다가 조금 전에 자신이 목을 베어 버려서 떨어져 나간 머리 하나를 머리채를 잡아서 주워들었다.

비연종은 그 모습을 지켜보다가 새삼 엄습하는 두려움에 절로 몸을 떨었다.

자신이 왜 죽었는지 모르겠다는 듯 눈을 부릅뜨고 있는 그 머리의 주인공이 바로 하도 성질이 더러워서 그조차 함부로 대하지 못하던 칠귀의 셋째, 구유귀(九幽鬼) 전이(全離)임을 알아보았기 때문이다.

공야무륵이 그런 그를 힐끗 돌아보며 히죽 웃더니 휘적휘적 밖으로 나갔다.

그리고 이내 두 사내를 데리고 들어왔다.

칠귀보에서 칠귀 다음의 영향력을 가지고 있는 두 사람인 적발귀(赤髮鬼) 방홍(龐弘)과 은린갑(銀鱗鉀) 왕정(王情)이었다.

공야무륵이 머리채를 들고 나간 전이의 머리를 보았기 때문인지 그들에게서는 이미 전의라는 기운을 전혀 찾아볼 수가 없었다.

들어올 때는 그래도 약간의 거부감이 남아 있었는데, 처참한 장내의 모습을 보자 그마저 씻은 듯이 사라져 버렸다.

설무백을 마주한 그들의 눈빛에서는 절로 복종의 빛이 흘렀다.

그래서 얘기는 쉽게 풀렸다.

설무백의 제안을 듣기 무섭게 그들은 머리가 떨어져 나갈까 걱정될 정도로 사정없이 고개를 끄덕이며 무조건적인 백기를 들었다.

"예, 그리 하겠습니다! 믿어 주십시오!"

적발귀 방홍과 은린갑 왕정은 설무백의 지시에 따라 칠귀의 주검을 수습해서 돌아갔다.

전각의 밖을 포위하고 있던 자들의 기세도 그들과 함께

썰물처럼 빠져나갔다.

꿀단지를 떨어트린 어린아이처럼 바짝 긴장해서 앉지도 서지도 못한 채 거실의 구석에 엉거주춤한 자세로 진땀을 흘리던 비연종은 그제야 자신이 간과하고 있는 사실 하나를 깨달았다.

사태가 워낙 급작스럽게 벌어졌고, 너무나도 황당하게 돌아가는 바람에 그는 무심코 가장 중요한 것을 간과하고 있었다.

내 가신, 내 수하들은 지금 어디에 있는가?

용과 범에 비할 바는 아니나, 그래도 명색이 산서성을 주름잡으며 용명(勇名)을 드날리던 내 측근들은 모두 다 어디서 무엇을 하고 있기에 여태 아무런 기척이 없단 말인가?

비연종은 새삼스러운 눈길로 설무백을 바라보며 마른침을 삼켰다. 절로 가슴에 오한이 들며 등골이 오싹해졌다.

오금이 당겨서 제대로 서 있기조차 버거웠다.

독하게 마음먹지 않는다면 바지에 오줌을 지릴 것 같았다.

세상에 우연이란 없다.

있다면 우연을 가장한 필연이 있을 뿐이다.

작금의 모든 상황이 사전에 계획된 설무백의 연출이라는 사실을 그는 이제야 비로소 절감한 것이다.

진노육이 돌아온 것은 바로 그때였다.

서두르는 인기척이 다가오더니 문이 열리며 진노육이 안으로 들어섰고, 그 뒤에는 비사문주인 금사 악패와 삼수방의 공동 수뇌인 세 마리 짐승이, 바로 청면왜수(靑面矮獸) 공손축(公孫祝), 독안묘수(獨眼猫獸) 장철(張鐵), 자미독수(紫眉獨獸) 마태서(馬泰誓)가 따르고 있었다.

조심스럽게 안으로 들어선 그들은 피칠갑이 되어 있는 장내의 모습에 흠칫 놀라며 전면의 설무백보다는 구석에 엉거주춤 시립한 비연종의 눈치를 살피고 있었다.

그들이 수상쩍은 분위기 속에 당혹스러운 기색이면서도 굳이 섣부르게 행동하지 않고 있는 이유는 설무백 때문이 아니라 비연종 때문인 것이다.

설무백은 그러거나 말거나 우선 슬며시 청면왜수 공손축에게 시선을 고정했다.

일신에는 피보다 붉은 홍의를 걸친 사십대의 공손축은, 유난히 긴팔에 등이 낙타처럼 툭 불거진 꼽추였고, 얼굴에 크고 작은 상처가 가득해서 매우 추악한 느낌을 주었다.

하지만 설무백의 눈빛에는 그런 감정이 전혀 담겨 있지 않았다.

공손축이 그걸 느낀 듯 미간을 찌푸리며 묘한 눈치로 그의 시선을 마주했다.

설무백은 그런 그에게 밑도 끝도 없이 불쑥 물었다.

"혹시 빼어날 수(秀)를 짐승 수(獸)로 바꾼 이유가 선대의 유지를 제대로 받들지 못해서인가?"

"……!"

순간, 공손축의 눈이 크게 부릅떠졌다.

그만이 아니라 나머지 두 마리 짐승, 외눈박이인 독안묘수 장철과 왼손이 팔뚝에서부터 없는 외팔이인 자미독수 마태서도 벼락을 맞은 것처럼 굳어졌다.

설무백은 당연하게도 그들이 왜 이런 반응을 보이는지 익히 잘 알고 있었다.

애초에 그들의 반응을 보기 위해서 건넨 말이었기 때문이다.

공손축이 애써 감정을 억누른 듯 힘겨운 목소리로 대답했다.

"그, 그렇소. 공자가 어떻게 그걸 아는 거요?"

설무백은 대답 대신 다시 질문했다.

"그렇다는 건 그대들에게 소외받는 불구자들을 위하라는 선대의 유지를 제대로 받들 마음이 남아 있다는 거겠지?"

공손축이 왠지 모르게 기대에 찬 눈빛으로 설무백을 바라보며 힘주어 대답했다.

"물론이오. 우리는 미흡하나마 지금도 선대의 유지를 따르고 있고, 앞으로도 유지를 받들기 위해서라면 얼마든지 목숨을 바칠 각오가 되어 있소."

"하면, 왜 삼수방인가?"

"……분하게도 우리에게 아직 잔결방의 무게를 감당할 능력이 없기 때문이오."

설무백은 미소를 지으며 고개를 끄덕였다.

혹시나 했던 오해가 말끔히 해소되었다.

"좋아. 사실이 그렇다면 조용히 돌아가서 기다리도록 해. 그 말에 거짓이 없다면 내일 중으로 찾아가서 과거 천산적가가 주도한 천산파의 중원 침공 당시 선대의 갑작스러운 죽음으로 인해 소실된 잔결방(殘缺幇)의 비전을 전해 주도록 하지."

그렇다.

기실 삼수방의 수뇌인 공손축 등은 과거 천산파의 중원 침공 때 무림맹의 일원으로 싸웠던 잔결방의 후예이다.

본디 산서성의 동부 끝자락인 양고부(陽高府)가 근거지였던 잔결방은 지리적인 특징으로 인해 상대적으로 교류가 용이했던 인근 몽고의 영향을 받아서 중원의 그것과는 현격히 다른 무공을 사용했다.

그래서 중원에 알려진 그들의 무공은 매우 궤이편벽(詭異偏僻)하다는 평을 들었으나, 그 모든 평판은 한 사람으로 인해 완전히 바뀌어졌다.

당시 소수 정예들과 함께 무림맹의 일원으로 나서서 천산파와 싸웠던 제십사대 잔결방주 벽안소요자(碧眼逍遙子) 공손기(公孫器)가 바로 그 주인공이었다.

천외천의
주인

공손기의 무공은 타파에 비해 파격(破格)이 심해서 잔인할 정도로 궤이(詭異)하게 보이나, 사사로움 없는 중용(中庸)이며, 편벽(偏僻)해 보이나, 비겁하지 않았기 때문이다.

그러나 인생사 새옹지마(塞翁之馬)라고 했던가.

강호 무림의 인정을 받아서 이제 전성기를 구가할 일만 남았던 잔결방은 무림맹의 승리로 전산파를 중원에서 내몬 이후 쇄락의 길을 걸었고, 끝내 몰락해 버렸다.

벽안소요자 공손기와 측근들이 전장에서 산화해 버리는 바람에 뜻하지 않게 그가 성취한 잔결방의 비전이 거의 다 소실되어 버린 까닭이었다.

설무백은 전생의 기억으로 그 모든 사실을 알고 있었는데, 거기에 더해 또 하나 더 알고 있는 것이 있었다.

지금의 역사가 그가 아는 전생의 역사와 유사하게 흘러간다면 향후 십 년 상간에 과거 전장에서 산화한 벽안소요자 공손기의 진전을 익힌 전인이 나타난다.

그리고 수라마영(修羅魔影)이라는 명호를 사용하는 그자는 모월 모일 자신을 추종하는 무리를 이끌고 삼수방을 쳐들어가서 비록 선대의 진산절예는 제대로 전수받지 못했으나 엄연히 공손기의 후손인 청면왜수 공손축과 그 측근들을 잔인하게 도살해 버린다.

삼수방이 잔결방의 후신임을 알고 혹시나 자신이 기연을 얻은 벽안소요자의 절기가 그들에게 이어졌을 수도 있다는 생각에 패악을 부린 것이다.

정작 공손축 등에게는 선대의 절기가 단절되었는데 말이다.

이건 당사자인 수라마영이 죽기 전에 직접 자신의 입으로 실토한 얘기니 틀림없는 사실일 터였다.

당시 삼수방을 불태우고 흑선궁으로 향하던 수라마영을 우연찮게 만나서 죽인 사람이 바로 그, 아니, 흑사신이었던 것이다.

'그때 수라마영이 품고 있던 벽안소요자의 비급은 내가 취해서 암기하고 태워 버렸는데, 과연 이번 생에도 수라마영이라는 자가 나타날까?'

설무백은 문득 그런 생각이 들어서 본의 아니게 미간을 찌푸렸다. 그의 말을 듣고 반신반의하는 표정으로 석상처럼 굳어져 있던 공손축이 그 모습에 오해한 듯 깜짝 놀라며 고개를 숙였다.

"아, 알겠소이다! 아니, 알겠습니다! 이대로 돌아가서 귀인을 기다리고 있겠습니다!"

이내 고개를 든 공손축은 의형제를 맺은 아우들인 독안묘수 장철과 자미독수 마태서를 험악한 눈빛으로 닦달해서 서둘러 장내를 빠져나갔다.

설무백은 그제야 꿔다 놓은 보릿자루처럼 서서 이리저리 눈치만 보고 있던 비사문주 금사 악패에게 시선을 주었다.

악패가 재빨리 먼저 물었다.

"저도 집으로 돌아가서 기다릴까요?"

설무백은 내심 고소를 금치 못하며 오기 전에 석자문에게 전해들은 악패에 대한 정보를 상기했다.

'이십 대의 나이인데 묘하게도 노회한 장사꾼처럼 처세에 능해서 무공이 탁월하지 않은 막내였음에도 경쟁자였던 다섯 사형을 모두 제치고 재원(才媛)으로 소문난 전대 비사문주의 금지옥엽을 차지했으며, 놀랍게도 결국 비사문마저 수중에 넣은 수완가라 이거지?'

석자문이 전해 준 정보에는 너무도 많은 허점이 있었다.

석자문도 그걸 알기에 말을 해 주면서 묘하다느니, 놀랍다느니, 하는 강조를 연거푸 했을 터였다.

백 번 양보해서 처세만 가지고 재원으로 소문난 여자를 차지했다는 것은 정말로 재수가 좋았다거나, 사내를 보는 여자의 눈이 매우 독특했다고 치부하면 그만이었다.

하지만, 자신보다 강한 경쟁자들을 제치고, 그것도 다섯이나 물리치고 문파의 계승자가 되었다는 것은 도무지 납득하기 어려웠다.

한둘은 몰라도 셋이나 넷으로 넘어가면 개중에는 분명 못 먹는 감 찔러나 본다는 식으로, 혹은 내가 못 먹는다면 너도 먹지 못한다는 식의 생떼를 부리는 자가 틀림없이 있는 것이 약육강식의 세상인 강호 무림이기 때문이다.

결국 둘 중 하나였다.

'악패가 뛰어나거나 아니면 악패를 선택한 비사문의 금지옥엽이 뛰어나거나.'

못난 사내가 뛰어난 여자를 만나서 성공한다는 고사는 세상에 얼마든지 있었다.

그런데 아무리 사내를 보는 눈이 독특한 여자라도 그렇지, 재원이라는 여자가 굳이 능력 없는 사내를 선택해서 어려운 길을 고집할 이유가 어디에 있을까?

'절세미남자도 아니고……!'

절세미남자는커녕 악패는 기본적으로 우락부락해서 사내답긴 해도 추남에 가까웠다.

이건 정말 악패가 본색을 숨긴 뛰어난 사내가 아니라면 참으로 불가사의한 일의 정점일 것이다.

설무백은 그렇게 결론을 내리며 말했다.

"아니, 당신은 이제부터 나 좀 따라다녀야겠어. 아무래도 증인은 필요할 것 같으니까."

악패가 무슨 말인지 이해하기 어렵다는 표정이면서도 습관처럼 고개를 끄덕였다.

"아, 뭐, 그렇게 하죠."

설무백은 만족한 표정으로 고개를 끄덕이며 극도의 긴장감에 사로잡혀 있는 비연종에게 시선을 돌렸다.

"가지고 들어와."

"예?"

비연종이 어리둥절해했으나, 그럴 필요가 없는 일이었다.

설무백의 시선은 그에게 향했지만, 말은 다른 사람에게 건네진 것이었다.

공손축 등이 돌아가며 공손하게 닫아 놓은 문이 활짝 열리며 세 사람이 들어왔다.

두 명의 외팔이와 한 명의 절세미남자, 바로 사도와 흑영, 백영이었다.

설무백에게 공손히 고개를 숙인 그들이 저마다 수중에 들고 있던 무언가를 앞으로 내던졌다.

바닥에 수북이 쌓인 그것은 바로 십여 개나 되는 사람의 머리였다.

"헉!"

비연종은 기겁하며 뒤로 쓰러져서 엉덩방아를 찧었다.

그럴 수밖에 없는 것이, 사도와 흑영, 백영이 바닥에 쌓아 놓은 머리들은 바로 그가 처음에 그리도 악을 쓰며 불렀던 측근들과 수하들의 머리였다.

설무백은 무심하게 그런 주시하며 자리에서 일어나서 비연종에게 다가갔다.

"야망이 큰 자에겐 그 어떤 자리도 좁게 느껴지기 마련이지만……."

비연종이 엉덩이를 끌며 물러나다가 이내 등이 벽에 닿아서 멈추었다.

설무백은 천천히 그 앞으로 다가가 서서 고개를 저었다.

"당신은 아냐. 너무 새가슴이야. 북경상련이 있고, 더 나아가서 북련이 후광도 업고 있는 벽력당을 어찌해 보겠다고 나선다는 건 가당치 않아 당신은."

그는 말미에 물었다.

"누구야, 당신에게 이런 일을 시킨 자가?"

"나, 나는 그저……!"

"변명 말고, 배후가 누구냐고?"

아무렇지도 않게 말을 자르는 설무백의 두 눈에 극단적인 한광이 서렸다.

비연종이 그 빛에 홀린 듯이 굴복하며 술술 불었다.

"제, 제염공(制炎公) 도척(導倜)입니다! 그가 굳이 나설 필요도 없이 그저 바람만 잡아 주면 된다고! 그리 도와만 주면 우리 비봉방의 번영을 약속해 준다고……!"

설무백은 입맛이 썼다.

제염공 도척이야말로 야망이 큰 자에게는 그 어떤 자리도 좁게 느껴지기 마련이라는 말이 잘 어울리는 인물이었다.

이화존 도연의 백부(伯父)이자, 산서뇌화가에서 가장 높은 배분이며, 노구에도 불구하고 누구보다도 충실한 도연의 조력자 역할을 수행하는 벽력당의 실질적인 이인자가 바로 도척이었기 때문이다.

'아니길 바랐는데……!'

설무백은 예상이 들어맞자 더욱 냉정해진 모습으로 비연종을 일으켜 세웠다.

가벼운 손짓 한 번이 바닥에 주저앉아 있던 비연종을 저절로 일어나게 만들었다.

고도의 허공섭물이었다.

그에 놀란 비연종을 향해, 그는 싸늘하게 말했다.

"벽력당으로 앞장서라!"

# 도산검림 刀山劍林 (8)

화기 제조의 명가인 산서벽력당은 태원부의 서북부에 치우친 장락방(長樂坊)의 중심에 자리하고 있으며, 장방형으로 길쭉한 만여 평의 대지에 내당(內堂)과 외당(外堂)으로 구성되어 있었다.

　태원부 사람이라면, 아니, 중원에 사는 사람이라면 거의 다 아는 사실이나, 내당은 일명 뇌화가라 불리는 일족이 거주하는 지역이고, 외당이 바로 벽력당의 본당과 그들이 제작한 각종 화기를 판매하는 점포들을 포함하는 지역이었다.

　요컨대 내당에서 화기의 연구와 제조를 담당하고, 외당에서 관리와 판매, 운송 등을 담당하는 것이 바로 산서벽력당의 기본적인 체계요, 구조인 것이다.

아마도 그래서일 것이다.

설무백 등이 도착한 벽력당의 외당은 엄연히 본당이 자리하고 있음에도 불구하고 어둡고 고요했다.

초입에서부터 절반가량의 구역을 선전을 목적으로 사람들에게 화기 제조를 보여 주는 공방(工房)과 각종 폭죽과 화약, 화기 등을 판매하는 점포가 차지하고 있어서 그랬다.

새벽 시간이라 다들 철수한 까닭에 마치 장사를 끝낸 저잣거리와 다름없었던 것이다.

설무백 등은 그런 벽력당의 외당을 가로질러서 뇌화가라 불리는 일족이 기거하는 내당으로 이동했다.

물론 거긴 비연종의 안내만으로는 절대 갈 수 없는 지역이었다.

비연종의 안내는 벽력당의 외당으로 들어서기도 전에 끝나 버렸다. 거기 외당의 초입에는 이미 설무백을 기다리는 사람이 있었기 때문이다.

산서뇌화가의 삼대가신 중 하나이며, 벽력당의 총관인 귀각수(鬼角手) 오중(午中)이 바로 그였다.

설무백이 사전에 들은 얘기에 따르면 대나무처럼 바싹 마른 오십 대인 오중은 입이 무겁기로 매우 유명한 사람이었다. 한마디로 족할 일에는 절대 두 마디를 하지 않는 목석이라고 했는데, 과연 그랬다.

가벼운 목례와 함께 '오중입니다.'라는 한마디를 끝으로 돌아서서 묵묵히 길을 안내했다.

그러나 궁금한 것이 떠오른 설무백은 못내 참지 못하고 물을 수밖에 없었다.

"여기 경계가 허술하던데, 따로 이유가 있는 겁니까?"

오중이 대답 대신 잠시 주변을 두리번거리더니, 작은 돌멩이 하나를 주워서 대여섯 장 떨어져 있는 담벼락의 철조망을 향해 던졌다.

펑-!

폭음이 터지며 철조망의 일각이 크게 들썩였다.

폭약이었다.

그게 바로 오중이 말 대신 행동으로 설명해 준 벽력당의 경계가 허술해 보인 이유였다.

벽력당의 담벼락은, 아니, 어쩌면 모든 요요마다 폭약이 설치되어 있었다.

설무백은 절로 감탄하며 고개를 끄덕였다.

과연 화기의 명가다운 대처였다.

또한 이것이 불과 이백여 명의 일족인 뇌화가가 산서의 패주인 이유일 터이다.

화기에 관해선 산서뇌화가가 사천당문을 앞선다는 소문이 있는데, 그게 그저 낭설이 아님을 확인한 셈이었다.

그때 돌멩이를 던지고 나서 아무렇지도 않게 길을 안내하고 있던 오중이 불쑥 한마디 건넸다.

"참고로 철조망은 그저 한철(寒鐵)을 다듬은 담벼락은 백년 정강(百年精剛)을 내벽으로 삼아서 한철을 덧댄 거라오."

자랑이었다.

오중의 얼굴에 자부심이 가득했다.

자파에 대한 자부심은 목석도 입을 열게 만들었다.

설무백은 그걸 느끼며 속으로 웃었다.

무뚝뚝하게 굴어서 데면데면하던 오중이 급격히 마음에 들었다.

이건 순박하고 순진무구한 사람만이 드러낼 수 있는 치기라는 생각이 들어서 절로 신뢰가 생겼다.

절대 배신하지 않을 사람이라는 믿음을 동반한 신뢰였다.

물론 귀각수 오중이 그간 풍화장의 뒤를 봐준 사람이자, 지금 지금 만나러 가는 인물인 산서뇌화가의 종손, 염마수 도염무의 최측근이라는 사실을 이미 알고 있기 때문에 가질수 있는 마음이었지만 말이다.

설무백은 그래서 편하게 물었다.

"외람된 질문이지만, 지금 뇌화가의 영내에 제염공 도척, 도 어른을 따르는 사람이 얼마나 됩니까?"

오중이 정말 외람된 질문이라는 듯 곱지 않은 눈초리로 슬쩍 일별하며 대꾸했다.

"뇌화가의 식솔이라면 모두 다요. 우리 뇌화가의 최고 배분이신 분이니까요."

"제 질문이 틀렸네요."

설무백은 말을 바꾸어서 다시 물었다.

"제염공 도척, 도 어른이 가규를 어기고 반란을 도모해도 끝내 도 어른을 따를 자들이 지금 영내에 얼마나 됩니까?"

오중이 대답 대신 발걸음을 멈추며 돌아섰다.

일그러진 그의 눈가에서 빛나는 시선이 잔뜩 주눅이 든 모습으로 뒤쪽에 서 있는 비연종과 설무백을 번갈아 교차했다.

무언가 감을 잡은 기색인 그가 이내 조심스럽게 대답했다.

"졸개들이야 수뇌를 따르는 법이니 제쳐 두고, 호가원주(護家院主) 방상도(防象賭)와 상당주(上堂主)인 도인규(導麟虯), 그리고 상당주의 좌우비직인 어린패도(魚鱗覇刀) 상태부(尙泰浮)와 금조비응(金爪飛鷹) 한백(漢柏)정도가 아닐까 싶소."

호가원은 벽력당의 경비를 책임지는 곳이고, 방상도는 이화존 도연을 따라서 북련으로 간 철웅(鐵熊) 위연(衛鳶), 귀각수 오중과 더불어 벽력당의 주인 가문인 뇌화가의 삼대가신 중 하나이며, 도인규는 도척의 아들이고, 상태부와 한백은 말 그대로 도인규의 수족이다.

설무백은 알겠다는 듯 고개를 끄덕이며 태연하게 말을 받았다.

"조금 이따가 저는 도 부당주와 만나는 자리에서 도척 어른과 함께하는 자리를 마련할 생각입니다. 그사이 지금 제게 알려 주신 네 사람을 제압할 수 있겠습니까?"

오중이 곤혹스러운 표정으로 설무백을 바라보며 한참을 머뭇거리다가 입을 열었다.

"그들이 가주님과 알게 모르게 반목을 하고 있다는 사실은 본인도 익히 잘 아는 사실이오. 하나, 반란이라니, 진정 그게 사실인 거요?"

설무백은 대답 대신 반문했다.

"도 부당주가 나에 대해서 뭐라고 하던가요?"

오중이 대답했다.

"북경상련을 바로잡은 사람이라고⋯⋯."

"또요?"

"⋯⋯믿을 수 있는 사람이라고⋯⋯."

설무백은 짧게 물었다.

"그걸로 부족합니까?"

오중이 작심한 표정으로 눈을 빛내며 말했다.

"알겠소! 다만 믿을 만한 수하들을 소집할 시간이 좀 필요하오!"

설무백은 대뜸 사도와 흑영을 호명했다.

"사도! 흑영!"

암중의 사도와 흑영이 오중과 마주선 설무백의 측면에 나타났다. 마치 땅에서 솟아난 듯 혹은 애초에 거기 서 있었던 것처럼 홀연한 등장이었다.

오중이 흠칫 놀라며 한 발짝 뒤로 물러났다.

설무백은 무심하게 말했다.

"누구보다도 은밀하게 움직일 수 있는 친구들입니다. 시간이 지체되면 본의 아니게 다치는 사람이 생길 수도 있으니, 도우려는 겁니다. 괜찮겠죠?"

오중이 사태의 심각성을 분명하게 인지한 듯 거절하지 않고 고개를 끄덕였다.

"그럼 신세를 좀 지겠소!"

설무백은 특유의 미온한 미소를 지으며 그저 앞길을 향해 손을 내밀었다.

괜한 인사치레는 그만두고 어서 서두르자는 의미였다.

오중이 말없이 수긍하며 서둘렀다.

마침 그들은 이미 내당의 중심부로 들어서고 있었다.

뇌화가의 종손이자, 벽력당의 부당주인 도염무의 거처는 내당의 중심부를 차지한 뇌화각(雷火閣)이었다.

거기 뇌화각으로 들어서자, 대청에서 서성거리고 있던 도염무가 반갑게 맞이했다.

"아니, 왜 이리 늦은 것이오, 설 형? 기다리다가 아주 목이 빠지는 줄 알았소. 보시오, 완전히 학 모가지, 아니, 기린 모가지가 아니요. 하하하……!"

도염무는 지난 날 북경상련에서 보았던 그 모습 그대로 여전히 수더분한 무골호인이었다.

보란 듯이 목을 길게 빼는 그의 태도에는 일체의 가식이 느껴지지 않았다.

진정 강북상계를 주무르는 북경상련의 사위요, 산서의 패주인 산서뇌화가의 유일한 후계자라는 배경이 무색하게 보이는 호인이 아닐 수 없었다.

설무백은 생각 같아서는 만사를 제쳐 두고 기분 좋게 그와 대작(對酌)이나 하고 싶었으나, 지금은 그럴 때가 아니었다.

"어쩌다보니 사정이 이리 되었소. 그보다 염치불구하고 제가 부탁이 하나 있소. 다름이 아니라 제염공 도척 어른께 몇 가지 물어볼 것이 있는데, 잠시 자리를 마련해 줄 수 있겠소, 도 형?"

도염무의 안색이 변했다.

그는 호인이지 바보가 아니었다.

내색은 삼갔으나, 설무백과 동행한 비붕방주 팔비창 비연종의 한껏 기죽은 모습에서 그는 이미 심상치 않은 느낌을 받았다.

그런데 이 늦은 시간에 가문의 최고 어른께 인사를 드리겠다는 것이 아니라 물어볼 것이 있다며 자리를 마련해 달라는 설무백의 태도는 누가 봐도 이상하지 않은가.

"무슨 일이오, 설 형?"

"산서뇌화가의 번영을 위해서 필히 겪어야 할 일이오. 직접 보고 판단하는 것이 좋을 것 같소."

도염무는 더 이상 묻지 않고 나섰다.

오중이 그렇듯 그 역시 가주와 반목하는 도척의 태도를 익히 잘 알고 있을 테니, 무언가 감을 잡았는지도 모른다.

"갑시다. 안내하겠소."

설무백은 묵묵히 도염무의 뒤를 따르기 전에 오중에게 시선을 주었다.

그리고 오중이 한차례 고개를 끄덕이며 조용히 뒤로 빠지는 것을 확인하고 나서야 도염무의 뒤를 따랐다.

제염공 도척의 거처는 그리 멀지 않았다.

도염무의 거처인 뇌화각에서 사십여 장 떨어진 서쪽에 위치한 작은 별채였다.

북방의 전형적인 가옥인 사합원(四合院)처럼 생긴 별채였는데, 실제는 사합원의 특징인 폐쇄적인 외관만 빌려왔을 뿐, 단순히 입구를 중심축 선상에 하나만 만들고, 삼면을 단층인 전각으로 벽처럼 둘러서 내부 중심에 아담한 정원을 만들어 놓은 구조의 가옥이었다.

도염무의 안내를 받은 설무백 등이 그곳에 도착했을 때, 잠에서 깨어난 도척은 여느 집안의 노인들처럼 넉넉한 미소로 그들을 맞이했다.

"무슨 일로 이 시간에 날 찾아온 게야. 늙은이가 아무리 잠이 없어도 그렇지 이 시간은 무리라고."

잠옷 바람으로 내부의 아담한 정원으로 나서며 그들을 맞이하는 도척의 모습에는 말과 달리 이른 새벽의 잠을 방해

받았다는 불쾌함은 전혀 보이지 않았다.

그러나 그건 아주 잠시였다.

도염무의 뒤를 따라서 설무백이 들어서고, 다시 그 뒤를 이어서 공야무륵과 위지건의 떠밀림에 못 이겨 정원으로 들어서는 비연종을 보자, 도척의 안색이 변했다.

그 상태로, 그는 슬쩍 설무백을 일별하며 도염무에게 물었다.

"누구냐, 이 젊은이는?"

"일전에 제가 말씀드렸었던 설무백이라는 친구입니다, 종조부(從祖父)님. 북경상련의 총수인 방양, 방 총수의 오랜 멋이라는 그 친구 말입니다."

"아, 그래 기억난다. 패권 다툼으로 휘청거리던 북경상련을 바로잡았다는 바로 그 친구 말이로군그래."

"예, 그렇습니다."

"그래, 그런데 이 친구가 이 시간엔 어쩐 일이지? 지금은 인사를 하러 오기에는 너무 늦은 시간 아닌가?"

도척의 시선은 도염무에게 고정된 채 끝까지 설무백을 바라보지 않고 있었다.

도염무가 그런 설무백의 소매를 당겨서 굳이 도척의 시선에 놓으며 대답했다.

"인사를 드리려는 게 아니랍니다. 종조부님께 몇 가지 물어볼 것이 있다네요, 글쎄."

천하제일 주인

도척이 무언가 직감한 듯 파르르 경련이 일어나는 눈가로 설무백을 바라보았다.

"이 늙은이에게 물어볼 것이 있다고?"

설무백은 정중하게 공수하며 말했다.

"죄송한데, 잠시만 기다려 주시겠습니까, 노야?"

그의 말이 끝남과 동시에 뒤쪽의 문을 통해서 사람들이 줄지어 걸어 들어왔다.

선두는 오중이었다.

그리고 그 뒤에는 굴비 엮이듯이 밧줄로 묶여 있는 자들이 따라오고, 마지막에는 두 명의 외팔이가, 바로 사도와 흑영이 따르고 있었다.

"이, 이게 무슨……?"

도척이 소스라치게 놀라며 절로 벌어진 입을 다물지 못했다.

선두인 오중의 손에 잡힌 밧줄을 따라서 굴비 엮이듯 줄줄이 묶여서 끌려 들어오는 자들은 바로 그의 아들인 도인규를 비롯해서 호가원주인 방상도와 어린패도 상태부, 금조비웅 한백 등 네 사람이었기 때문이다.

설무백은 당황하는 도척을 바라보며 한 손을 옆으로 내밀었다.

순간 옆쪽에, 정확히는 적잖게 뒤쪽으로 물러난 옆쪽에 자라목을 하고 서 있던 비연종이 마치 잡아당긴 것처럼 빠르게 그의 손아귀로 달려왔다.

　설무백은 수중의 비연종을 앞으로 밀쳐서 엎드리게 만들며 물었다.

　"다가올 모월모일 반란을 도모할 때, 그저 옆에서 도우면 된다고 겁박한 사람이 지금 앞에 계신 저 어른이 맞나?"

　비연종이 바닥에 엎드린 채 고개를 들어서 전면의 도척과 밧줄에 굴비처럼 엮어진 도인규 등을 번갈아 보다가 이내 바닥에 머리를 처박으며 부르짖었다.

　"죄송합니다, 어르신!"

　인정이었다.

도산검림 刀山劍林 (9)

도염무는 경악했다.

설마가 사실로 드러나자 어쩔 줄 모르며 불신에 찬 눈빛으로 도척을 바라보고만 있었다.

반면에 아들 도인규를 비롯한 측근들이 밧줄에 굴비처럼 엮어진 모습으로 나타난 모습을 보고 경악하며 낯빛이 잿빛으로 변했던 도척은 태연자약한 모습으로 바뀌었다.

극도의 인내를 발휘하는 것일까?

아니면 극에 달한 경악이 안으로 스며들어서 오히려 평정을 되찾은 것처럼 보이는 것일까?

둘 중 어느 것이 사실인지는 모르겠으나, 적어도 자포자기는 아닌 것이 분명했다.

매우 느긋해진 모습으로 변해서 설무백과 도염무를 바라보는 그의 시선에는 포기나 굴종의 빛이 전혀 없었다.

그때 도염무가 애써 진정하고 물었다.

"정말 저자의 말이 사실입니까, 종조부님?"

도척이 웃었다.

"역시 너도 네 할아비와 똑같구나. 뻔히 눈에 드러난 문제를 굳이 확인하려고 드니 말이다."

도염무가 격정에 못이긴 듯 소리쳤다.

"종조부님!"

"아직 귀는 멀쩡하니 조용조용 얘기해라."

도척이 타이르듯 조용히 한마디 하고는 어색하게 웃는 낯으로 말을 덧붙였다.

"불편한 집안 사정이 쓸데없이 담을 넘어가는 것은 나도 원치 않는 일이다."

도염무의 안색이 변했다.

너무나도 태연자약한 도척의 태도를 보자, 그 역시 심경의 변화를 일으킨 것 같았다.

서서히 평정을 되찾은 그가 물었다.

"왜 이러시는 겁니까?"

도척이 태연하게 대답했다.

"왜 이러긴. 마땅히 해야 할 일이라고 생각했으니까 이러지."

도염무가 너무 황당한지 말을 더듬었다.

"이, 이게 마땅히 해야 할 일이라고요? 형제를 배신하고 가문을 차지하는 것이 말입니까?"

도척이 당당하게 대꾸했다.

"그래, 바로 그거다. 나로서는 그게 마땅히 해야 할 일이었다."

"어째서 그게……?"

"어째서냐고? 왜 그게 마땅히 해야 할 일이냐고? 천륜을 어기는 짓밖에 더 되냐고?"

말을 끊고 혼잣말처럼 주절거린 도척이 자신의 뱉어 낸 질문에 스스로 답했다.

"그따위 개소리는 집어치워라. 너니까, 네 할아비니까 그런 말을 하는 거다. 늘 가진 자들이라서 가지지 못한 자의 마음을 전혀 이해할 수 없는 거지."

"……?"

"네가 가문을 위해서 무엇을 했느냐? 불의의 사고로 죽은 네 아비야 그렇다 치고, 네 할아비, 도연 그 녀석은 또 가문을 위해서 무엇을 했다는 거냐?"

"……!"

"도연 그 녀석이 한 일이라곤 하루 종일 지하 공방에 처박혀서 화기나 주물럭거리는 게 다였다. 그 잘난 머리로 어쩌다 남들이 만들어 낼 수 없는 화기를 하나 만들면 그저 내게 제조 방법이 담긴 죽지만 툭 던져 주며 알아서 잘해 보라고 거만하게 지껄였을 뿐이다."

"……."

"가문을 위한 궂은일은 내가 다 했다. 시간이 부족해서 내가 하지 못한 일은 내 아들이 다했고 말이다. 도연이 만든 화기를 세상에 알린 것이 나다. 하루가 멀다 하고 내로라하는 방파와 무림세가들을 돌며 입에 침이 마르게 그걸 자랑하며 판 것도 나다. 당대에 이룩된 산서벽력당의 명성은 다 내가 내 아들과 함께 이룩한 거다."

"……."

"그런데 이게 뭐냐? 끝끝내 나는, 또 내 아들은 어디를 가도 그림자에 불과할 뿐, 인정받지 못한다! 오직 도현 그 녀석만 알아주고 우리는 여전히 찬밥 신세다! 그리고 갖은 고생 끝에 나와 내 아들이 이룩한 모든 것은 고스란히 너에게, 고작 부모를 잘 만났을 뿐인 너에게 돌아간다! 너는 이게 정말 정당하다고 생각하느냐?"

처음에는 학동들에게 고사를 설명해 주는 시골 훈장처럼 차분하게 시작되었던 도척의 연설은 중언부언(重言復言) 설명이 더해질수록 서서히 험악하게 변해서 종내에는 이마에 핏대를 세운 악다구니로 변했다.

반면에 도염무는 도척의 장광설을 듣는 동안 서서히 차분해지고, 평온해졌다.

그 상태로, 그가 힘겨운 미소를 지으며 말문을 열었다.

"미리 말씀을 하시지 그랬습니까. 아니, 눈치라도 좀 주시지 그랬습니다. 그랬다면…….."

"그랬다면 뭐냐?"

도척이 말을 가로채며 물었다.

"모든 걸 다 포기하고 넘겨줄 수 있었다는 게냐?"

도염무가 당연하다는 듯 고개를 끄덕이며 대답했다.

"예, 틀림없이 그랬을 겁니다. 아시는지 모르겠지만, 눈치를 보며 사람들을 부리는 것은 전혀 제 취향이 아니거든요."

도척이 주름진 입가에 비틀린 미소를 지으며 말했다.

"그렇다면 이제라도 물러나면 되겠구나. 그리할 수 있겠지?"

도염무가 이번에는 당연하다는 듯이 고개를 저었다.

"아니, 그럴 수 없습니다."

"그래, 역시 말뿐이지."

도척이 그럴 줄 알았다는 듯 웃는 낯으로 비아냥거렸다.

"매번 이런 식이야. 마치 자기들은 아무것도 바라지 않는다는 것처럼 가문의 영화를 위해서 발바닥에 물집이 잡히도록 이리저리 뛰어다니는 나를 향해 무리하지 말고 쉬라는 너희 조손의 가증스러운 태도에 아주 신물이 난다."

도염무가 태연히 웃으며 고개를 저었다.

"그게 아니라, 지금 다 포기하고 넘겨주면 올바르지 않은 판단을 내린 종조부님과 종숙부(從叔父 : 아버지의 사촌 형제)님의 행동이 옳은 것으로 인식될 것 같아서 그래서요. 다 포기하고 드릴 때 드리더라도 이건 올바른 방법이 아니라는 것은 확실히 해 두고 싶어서요."

"말은 청산유수지."

"그저 사실을 말하는 것뿐입니다."

도척의 표정이 일그러졌다.

주름진 입가가 씰룩이고, 깊게 그늘진 눈가에서는 경련이 일어나고 있었다.

애써 억누르고 있는 감정이 다시 폭발하려는 것처럼 보였다.

도염무가 그에 아랑곳하지 않고 부드러운 미소를 잃지 않으며 회유했다.

"자, 이제 어쩌실래요? 보시다시피 이미 계획이 틀어진 마당인데, 저를 믿고 한번 기다려 보지 않으실래요?"

도척이 힘겨운 미소를 입가에 머금으며 고개를 저었다.

"아서라, 관둬라. 평생의 숙원을 이루고자 마다하는 아들 멱살까지 부여잡고 도모한 계획인데, 어찌 여기서 맨손으로 그냥 포기할 수 있을까. 마지막 수단까지 다 써서 후회나 남가지 않으련다."

말과 함께 소매 속으로 들어갔다가 나온 그의 손에는 손아귀에 꽉 들어차는 검은 구술 하나가 들려 있었다.

천외천의
주인

도염무가 두 눈을 부릅뜨며 부르짖었다.

"벽력구(霹靂球)!"

도척이 흐흐거리며 기분 좋게 웃었다.

"그래, 네 할아비, 도연의 걸작 중 하나인 벽력구다. 상용화에 앞서 시범적으로 만든 백열두 개 중 하나는 내가 늘 이렇게 소매에 넣고 다니지. 혹시나 해서였는데, 이렇게 쓸 일이 생기는구나."

"종조부님!"

"어허, 아직 내 귀 쓸 만하다니까 그러네."

도척이 태연하게 말을 자르고는 수중의 벽력구를 이리저리 굴리며 주변을 둘러보았다.

"아무튼, 너도 알다시피 이게 지난날 개발한 굉천뢰(轟天雷)보다는 크기가 작은 대신 위력도 좀 떨어지긴 하지만, 대략 이 집을 포함한 반경 대여섯 장은 능히 초토화시킬 수 있을 게야. 그 너머에 있는 것들도 온전한 모습을 보존하긴 힘들 테고. 아니 그러냐?"

도염무가 더 할 수 없이 신중한 기색으로 변해서 말했다.

"그만두세요! 그걸 터트리면 정말로 돌이킬 수 없게 되는 겁니다, 종조부님!"

도척이 끌끌 혀를 찼다.

"이제 와서 무슨 그런 걱정을 다 하니. 괜한 소리 그만두고, 어서 저 애들부터 풀어 주거라."

그는 히죽 웃으며 덧붙였다.

"참고로 우리 뇌화가 만약의 사태를 대비해서 수십 개의 광천뢰를 요소요소마다 묻어 놨다는 거 너도 알지? 이게 여기서 터지면 아마 그것들도 터질 거다. 산서뇌화가가 먼지로 산화하게 되는 거지."

도염무가 당혹스러운 표정으로 이러지도 저러지도 못하다가 이내 설무백에게 시선을 주었다.

설무백은 가만히 고개를 저으며 그의 시선을 외면하고는 도척을 향해 불쑥 물었다.

"내가 잘 모르겠어서 묻는 겁니다만, 평생의 숙원을 그리 쉽게 포기하고 불살라 버릴 수 있는 겁니까?"

도척이 왜 그런 질문을 하는지 익히 짐작한다는 듯 음충맞은 기소를 흘리며 대꾸했다.

"내가 못할 거라고 생각하느냐?"

설무백은 대수롭지 않게 고개를 저었다.

"아니요. 그저 그렇다면 노야가 말하는 평생의 숙원이라는 것이 별게 아니구나 싶어서요."

도척이 독기 어린 눈빛을 드러내며 씹어뱉듯 말했다.

"내가 가질 수 없다면 그 누구도 가질 수 없다는 거다!"

설무백은 미심쩍은 표정으로 고개를 갸웃거렸다.

"자신은 물론, 하나뿐인 자식을 죽이면서까지 그러고 싶어요?"

도척이 한 방 맞은 표정으로 전신을 부들부들 떨었다.

설무백은 상관하지 않고 얄밉도록 냉정한 모습을 견지하며 재우쳐 말했다.

"정녕 그래야 속이 시원하겠다면 그렇게 하세요. 물론 그 이후에 벌어질 사태는 책임질 각오를 하시고요."

도척이 코웃음을 쳤다.

"죽는 마당에 무슨 책임을 지라는 거냐!"

"안 죽어요."

"뭐, 뭐라고?"

"내가 막을 수 있거든요."

도척이 같잖다는 표정으로 으르렁거렸다.

"더 이상 나를 도발하지 마라!"

독기에 찬 그의 시선이 도염무에게 돌아갔다.

"어서 풀어 주지 않고 뭐 하는 게냐? 정말 이 자리에서 다 같이 주고 싶은 거냐?"

"안 죽는다니까 그러네."

설무백은 불쑥 끼어들며 앞으로 나섰다.

갑작스러운 그의 행동에 도척이 흠칫하는 사이, 그가 손을 내밀어서 당기는 시늉을 했다.

순간, 도척의 손에 들린 벽력구가 낚시 바늘에 걸린 물고기처럼 빠져나와서 그의 수중으로 들어갔다.

도척이 경악하며 부르짖었다.

"머, 멍청한 놈! 관렬(管列 : 시한장치)을 빼서 내가 손으로 누르고 있는 장치에 힘이 빠져나가면 그대로 내부의 심지에 불이 붙어서……! 어서 당장에 멀리 던져!"

설무백은 도척의 말을 듣지 않았다.

그저 피식 웃으며 수중에 들어온 벽력구를 움켜잡았다.

순간.

꽝—!

엄청난 폭음이 터졌다.

벽력구가 그의 손아귀에서 터져 버린 것이다.

그러나 소리만 엄청났을 뿐, 아무런 일도 벌어지지 않았다. 그저 그의 손아귀에서 한줄기 연기가 피어나며 부스스 검은 모래 같은 것이 흘러내렸을 뿐이었다.

터져 버린 벽력구의 잔해였다.

그랬다.

설무백은 전신의 공력을 손아귀에 집중시켜서 강력한 호신강기를 형성하고 벽력구의 폭발을 소멸시켜 버린 것이다.

"어, 어찌 그런……!"

도척이 경악과 불신에 찬 모습으로 말을 잇지 못했다.

비단 그런 모습을 보이는 것은 그 혼자만이 아니었다.

공야무륵 등을 제외한 뇌화가의 사람들 모두가 그와 조금도 다르지 않았다.

다들 놀랍다 못해 어처구니가 없다는 표정, 그야말로 귀신을 보는 것 같은 모습이었다.

설무백은 그에 아랑곳하지 않고 손을 털며 도염무를 향해 말했다.

"이제부터는 내가 나설 수 필요가 없는 도 형 집안의 문제요."

"아······!"

도염무는 넋이 나간 표정으로 그의 손만 바라보고 있다가 뒤늦게 정신을 차리며 계면쩍게 웃었다.

그래도 말은 제대로 들은 모양이었다.

그는 이내 무슨 말인지 충분히 알고 있다는 듯 고개를 끄덕이며 정중하게 공수했다.

"도와줘서 고맙소, 설 형!"

설무백은 특유의 미온한 미소로 화답하고는 조용히 그 자리를 벗어나며 도척을 일별했다.

도척이 망연자실한 표정으로 고개를 숙이고 있었다.

완전히 맥이 풀린 체념의 모습이었다.

확실히 이제 더는 그가 나서지 않아도 되는 일이었다.

"삼수방으로 가자!"

설무백은 삼수방으로 가서 공손축 등 삼수와 만났다.

삼수방은 잔결방의 후신이며 훗날 환란의 시대가 도래(到來)하는 시점에 자신들의 선조의 진전을 물려받은 수라마영이라는 자에게 멸문지화를 당한다.

설무백은 그와 같은 미래를 알고 있는 자신이 삼수방의 공손축 등과 묘하게 엮인 것이 단순한 우연은 아니라는 생각이 들었다.

우연은 없다.

있다면 우연을 가장한 필연일 뿐이다.

이게 바로 설무백의 평소 신조인 것이다.

'새로운 역사를 만들어야 한다!'

설무백은 삼수방이 잔결방의 이름을 되찾고 혁혁한 명성을 날리며 비상하기를 바랐다.

새로운 역사가 만들어져야만 그가 아는 전생의 역사가 그대로 미래에 재현되지 않을 것이 아닌가.

"한 가지만 약속해 준다면 벽안소요자 공손기의 유전을 전해 주겠다. 숨죽인 채 힘을 길러라. 그리고 언제가 될지는 모르지만, 필요할 때 나를 도와라. 할 수 있겠나?"

"그건 한 가지가 아니라 두 가지가 아닌가요?"

"하겠다는 거지?"

"그야 당연하죠!"

설무백은 기꺼이 전생에 수라마영을 죽이고 얻은 벽안소요자의 절기를 공손축 등에게 전해 주었다.

그리고 언제고 나중에 똑같은 선대의 절기를 익힌 수라마영이라는 자를 만날지도 모른다는 얘기를 해 주려다가 이내 그만두고 풍화장으로 돌아왔다.

이유 여하를 막론하고 이제 전생과 이어진 미래의 역사는 오롯이 그의 몫이라고 생각했기 때문이다.

설무백이 그렇게 태원부에서의 모든 일을 정리하고 풍화장을 돌아왔을 때, 그의 거처에는 두 사람이 기다리고 있었다.

석자문과 대력귀였다.

"왜 안 자고?"

설무백의 물음에 석자문이 멋쩍은 기색으로 슬쩍 대력귀의 눈치를 보며 대답했다.

"제가 실수를…… 아직 여기 일을 대력귀 소저에게 제대로 말하지 않았다는 것을 몰랐습니다."

설무백은 대충 상황을 짐작하고 창가에 놓인 다탁의 의자에 자리를 잡고 앉으며 대력귀를 보았다.

"여기 애들을 양가장의 가솔로 키우는 게 마음에 들지 않는다는 거지?"

대력귀가 자못 냉담한 기색으로 인정했다.

"예. 애들을 싸움에 끌어들이는 것 같아서 못내 거북합니다."

설무백은 태연히 물었다.

"뭐가 문제인데?"

"예?"

"애들을 싸움에 끌어들이면 안 되는 거냐고?"

대력귀가 입을 다문 채 설무백을 보았다.

진심이냐는 표정과 눈빛이었다.

설무백은 상관하지 않고 곁에 선 석자문에게 시선을 주며 불쑥 물었다.

"처음 칼을 잡아 본 게 몇 살 때야?"

석자문이 갑작스러운 질문임에도 불구하고 지체 없이 대답했다.

"아홉 살입니다. 저는 주변 상황이 좀 심해서 빨랐죠."

"첫 살인은?"

"그건 조금 늦어서 열여섯 살 때로 기억합니다. 제가 겁이 아주 많았거든요."

설무백은 시선을 대력귀에게 돌렸다.

"너는 몇 살 때야? 몇 살 때 처음 싸워 보고, 사람을 죽여 봤어?"

대력귀가 선뜻 대답하지 못한 채 곤혹스러운 표정을 지었다.

설무백은 대답을 기다리지 않고 다시 말했다.

"알다시피 양가장은 지난 날 수많은 가솔들을 잃었어. 여기 있는 아이들과 함께한다면 양가장의 부흥에 많은 도움이 될 거야. 그리고 여기 아이들은 부모가 없거나 버림받아서 갈 곳이 없어. 양가장이 처마가 되고 바람막이가 되어 준다면 더 바랄 것이 없지. 어때? 서로에게 좋아, 나빠?"

그는 매서워진 눈초리로 대력귀를 쏘아보며 덧붙였다.

"애들을 싸움에 끌어들이는 게 아니냐고?"

말문을 돌려서 연거푸 질문한 그는 답변을 기다리지 않고 스스로 대답했다.

"그래, 그런 거야. 언제가 될지는 모르지만 가족을 위해서, 동료를 위해서 싸울 수 있는 자리를 마련해 주려는 거야. 그렇지 않으면 아이들이 가족이건 동료건 눈앞에서 죽어 가는 꼴을 바라만 보며 클 텐데, 설마 너는 그걸 바라냐?"

대력귀가 꿀 먹은 벙어리로 변해서 얼굴을 붉히다가 한숨을 내쉬었다.

"죄송합니다. 제 생각이 짧았어요."

그리고 툴툴거렸다.

"그렇다고 이리 사납게 면박을 줄 필요는 없지 않나요?"

설무백은 당연하다는 듯이 쏘아붙였다.

"적이 내 등에 칼을 꼽으면 화낼 이유가 없어. 당연한 일이니까. 등을 보인 내 잘못이니까. 하지만 아군이 그러면 제대로 눈을 감고 죽지도 못해. 너무 분하고 억울해서."

"비약이 너무 심해요. 비유를 해도 어떻게 그런……!"

"그니까, 내 말은 너 정도 됐으면 이런 건 좀 굳이 설명하지 않아도 알아 달라는 거야. 그래야 무슨 일을 맡겨도 마음 놓고 맡길 거 아냐."

대력귀가 한층 더 얼굴을 붉히며 무안해하다가 갑자기 생각한 듯 불쑥 물었다.

"나 정도가 어느 정도인데요?"

설무백은 주저하지 않고 대답했다.

"모든 아이들의 대모로 여기 풍화장에 남겨 둘 정도지."

대력귀가 다른 기대를 했다가 무너진 사람처럼 적잖게 당황한 듯 눈을 깜빡였다.

"저보고 아이들의 대모가 되어서 여기 남으라고요?"

"싫어?"

"싫진 않지만……!"

"싫지 않으면 됐어."

설무백은 짧게 말을 자르며 품에서 붉은 색의 작은 주머니 하나를 꺼내서 대력귀에게 건넸다.

대력귀가 얼떨결에 받아들며 물었다.

"뭐죠?"

설무백은 슬쩍 손을 뻗어서 주머니를 풀어 보려는 그녀의 손길을 막으며 말했다.

"지금 말고 나중에. 이건 정말 네가 처리할 수 없는 문제인데, 설상가상으로 내게 연락할 틈조차 없을 때, 그야말로 최악의 순간이라고 생각할 때 펴 봐."

대력귀가 건네받은 붉은 주머니를 흔들어 보며 피식 웃었다.

"주군의 예지력?"

"듣기 좋게 혜안이라고 하자."

"어쨌거나, 기분 좋네요. 선택된 자의 기쁨이랄까? 무슨 전가의 보도를 받은 기분이라 설레기도 하고. 설마 이거 아무에게나 마구 뿌리고 다니는 거 아니죠?"

"네가 네 번째야."

"네 명씩이나요?"

설무백은 이해할 수 없이 묘한 대력귀의 반응에 슬쩍 미간을 찌푸렸다.

"뭐야? 뭐가 문제라는 거야?"

"아니, 그게 아니라……."

대력귀가 한참 만에 말을 이어 붙였다.

"아니요. 됐어요. 좋아요. 다 좋은데, 여기 남아서 아이들의 대모가 되려면 내내 주군의 곁에서 멀리 떨어져 있어야 한다는 것이 마음에 걸리네요. 그래서 한 가지 부탁이 있어요."

"부탁?"

설무백은 절로 고개를 갸웃했다.

"무슨 부탁?"

대력귀가 보란 듯이 얼굴을 들고 턱을 내밀며 대답했다.

"검매가 주군을 어떻게 생각하고 있는지 들었어요. 나도 거기 동참하고 싶은데, 괜찮죠?"

설무백은 눈을 크게 떴다.

검매는 바로 난주쌍봉의 하나인 사문지현의 호칭이라 지금 대력귀가 무슨 말을 하는 것인지 그는 대번에 알아들을 수 있었다.

그래서 당황스러웠다.

열 길 물속은 알아도 한 길 사람의 마음은 모른다더니, 이건 정말 그가 꿈에도 상상하지 못한 일이었다.

대력귀가 재촉했다.

"침묵은 허락을 의미하는 거겠죠?"

"아니, 그게 아니라……!"

설무백은 선뜻 대꾸하지 못하고 말을 고르는 이때 밖에서 인기척이 들려왔다.

"벽력당의 도 부당주님께서 찾아오셨습니다."

늘 그렇듯 우직하게 문밖을 지키는 위지건의 보고였다.

동시에 문이 열리며 언제나처럼 부드러운 인상의 도염무가 안으로 들어섰다.

설무백은 슬쩍 대력귀를 향해 말했다.

"나중에 다시 얘기하지."

"아니요."

대력귀가 고개를 저으며 밖으로 나갔다.

"바쁘신 것 같은데, 그만 두세요. 그냥 허락한 것으로 알고 있을 게요."

"아니……!"

설무백은 다급히 손을 뻗어서 밖으로 나가는 대력귀를 붙잡으려다가 그만두었다.

안으로 들어선 도염무가 묘하다는 눈치로 바라보고 있었다.

"무슨 일인데……? 혹시 내가 두 사람의 시간을 방해한 거요?"

"아니오. 그저 약간의 오해가 생겼을 뿐이오."

설무백은 머쓱해진 표정으로 서둘러 손을 내저으며 대꾸하고는 말문을 돌렸다.

"그보다 어쩐 일이오? 무슨 문제가 생긴 거요?"

불과 두 시진 전에 서로의 용무를 끝내고 헤어졌다.

어지간한 일이 아니라면 이렇게 다시 찾아올 이유가 없는 것이다.

그런데 적어도 도염무에게는 어지간한 이유가 아니라도 설무백을 찾아올 이유가 있는 모양이었다.

태도와 말투가 그랬다.

"설 형이 나와는 무슨 문제가 있어야만 만날 수 있는 사이라고 생각한다면 나는 이만 돌아가 보겠소."

설무백은 속 좁은 어린 계집애처럼 삐진 티를 내는 도염무의 태도에 짐짓 어이없다는 표정으로 실소했다.

"그게 뭐요, 어린애처럼?"

도염무가 자못 심각하게 일그러트리고 있던 미간을 풀며 하하 웃었다.

"하하……! 그냥 좀 해 봤소. 돌이켜 보니 변변히 인사조차 나누지 못하고 보낸 것이 마음에 걸려서 부랴부랴 찾아왔는데 그리 말하니 섭섭하지 않소."

설무백은 가벼운 웃음으로 화답하고는 못내 품고 있던 호기심을 드러냈다.

"그래, 정리는 잘한 거요?"

도염무가 계면쩍은 표정을 드러내며 대답했다.

"독하지 않으면 장부가 아니라고 했는데, 나는 아무래도 장부가 아닌 모양이오."

설무백은 상황이 어떻게 돌아갔는지 짐작하며 위로했다.

"어디에나 예외는 있는 법이오. 특히 가족은 항상 예외일 수밖에 없소."

도염무가 어색한 미소를 흘리며 말했다.

"그렇게 생각해 주니 고맙구려. 아무려나, 종조부님과 종숙부님은 각자의 거처에서 무기한 칩거하는 금제를 가했고, 어린패도 상태부와 금조비응 한백은 일단 뇌옥에 구금했소. 가규(家規)에 따른 처벌은 아버님이 돌아오신 다음에 결정하게 될 거요. 아무래도 설 형은 알아야 할 것 같아서……."

설무백은 그저 묵묵히 고개를 끄덕였다.

도염무가 다시 말했다.

"그리고 비봉방의 비연종은 그냥 돌려보냈소. 보니까……."

그는 말을 하다가 실소를 흘렸다.

"그자는 달리 처벌할 필요가 없더구려. 무언가 제재를 가

하려 했더니만, 이미 비붕방의 수뇌진이 전부 다 이승을 하직해 버려서 말이오."

설무백은 대수롭지 않게 말했다.

"얄미운 구석이 있는 자라 좀 심하게 손을 썼소."

도염무가 손사래를 쳤다.

"탓하자는 게 아니라 그저 그렇다는 거요. 그 역시 설 형에게 알려 주는 것이 도리인 것 같아서 말이오."

그는 웃는 낯으로 다시 말했다.

"그리고 몇 가지 더 말해 줄 것이 있는데, 내가 보기엔 대부분 설 형이 알아 두어야 할 것들이오. 우선······!"

그의 목소리가 한결 차분하고 보다 더 진지하게 바뀌었다.

"설 형도 알다시피 본가에서 만들어지는 주요 화기는 대부분 다 궁성으로 들어가고 있소. 물론 대외적으로는 말이오. 한데, 최근 궁성에서 요구하는 수량이 매우 늘었고, 전에 없이 새로운 주문이 더해지고 있소. 아무래도 이는······!"

"저기······."

설무백은 슬쩍 말을 끊으며 물었다.

"무슨 급한 일이 있는 거요?"

도염무가 고개를 저었다.

"그건 아니오만······?"

설무백은 가볍게 웃으며 말했다.

"그럼 이럴 것이 아니라 간단하게나마 술 한 잔 같이하는 게 어떻겠소?"

도염무가 이제야 알아들은 듯 활짝 웃으며 대답했다.

"그거 좋지요."

간단한 다과상이 차려지고, 술이 나왔다.

술잔이 돌고 끊어졌던 대화가 다시 이어졌다.

창밖에는 어느새 밤의 기운이 사라지고 검푸른 새벽빛이
차오르고 있었다.

그들은 아랑곳하지 않고 오랜 시간 동안 때론 진지하고 때
론 화기애애한 대화를 나누었다.

도염무는 그날 저녁이 되어서야 돌아갔다.

설무백은 그날 이후 사흘을 더 풍화장에서 머물다가 풍잔
으로 출발했다. 그리고 길에서 예기치 않게도 우연을 빙자한
필연처럼 그녀와 조우하게 되었다.

도산검림 刀山劍林 (10)

우연을 빙자한 필연이라는 것을 굳이 설명하자면 우연이
자꾸 겹쳐지면서 일어나는 상황이다.

그녀와의 조우가 그랬다.

우선 밤에는 운기조식으로 휴식을 대신하고 늘 낮에만 이
동하던 설무백이 하필이면 그날은 이른 새벽길을 나섰다.

그뿐이 아니라, 요처를 점거한 북련의 경계를 이미 숙지하
고 있는 까닭에 굳이 먼 길을 돌아가지 않는 그가 그날따라
굽이굽이 이어진 산행을 택해서 돌아갔다.

달이 밝고 별이 빛나서 왠지 모르게 감성적으로 심상해진
마음 때문이었다.

그래서 그녀를 보게 되었다.

풍화장을 떠난 지 사흘이 되는 날의 새벽, 섬서성의 북부를 가로지르는 도중이었다.

휘우우웅—!

나지막한 동산, 잡목이 우거진 비탈길을 귀신의 호곡성과 같은 바람이 휩쓸고 있었다.

파리한 달빛 아래 흔들리는 풍경 사이로 푸르게 흐르는 새벽의 기류가 얼음처럼 싸늘하게 느껴졌다.

거기 낡은 죽립에 중원의 의복에 약간의 이질감이 더해진 잿빛 화복(華服)을 걸친 여인이 비스듬히 땅을 향해 기울인 한 자루 검을 들고 서 있었다.

달빛 속에 붉은 빛을 발하는 핏방울 하나가 검신을 타고 흘러서 풀잎을 적시고, 여인을 등지고 선 백의 사내의 머리가 속절없이 옆으로 기울어져서 바닥으로 떨어져 굴렀다.

풀썩—!

얼어붙은 것 같은 풍경 속의 사내가 뒤늦게 통나무처럼 똑바로 쓰러졌다.

죽립의 여인은 그제야 수중의 검을 우아하게 달빛을 가르는 사선으로 휘둘러서 피를 털어 내며 검갑에 갈무리했다.

그리고 우연찮게 간발의 차이로 거기 비탈길로 접어들어서 사내의 목을 치는 순간을 본 설무백에게 싸늘하게 말했다.

"보지 못한 것으로 하고, 기억에서 지워라!"

비탈길 아래에는 두 여인과 남녀(藍轝 : 두 명이 들게 되어 있는 가마)하나가 대기하고 있었다.

죽립의 여인은 잠시 설무백을 향해 고개를 갸웃하며 왠지 모르게 불편한 기색을 드러냈으나, 이내 비탈길을 스르르 미끄러져 내려가서 남여를 타고 장내에서 사라졌다.

설무백은 그제야 느끼고 깨달으며 탄성을 흘렸다.

"검후!"

찰나의 순간일 정도로 잠시였으나, 매우 경이롭고 강렬해서 영원처럼 느껴지는 그 상황의 모습은 설무백의 뇌리에 선명하게 각인되었다.

달빛 아래 드러난 여인의 모습은 그와 비슷한 스물 전후의 나이로 보였다.

작은 체구에 비해 큰 죽립과 허름한 잿빛 화복(華服)을 포대처럼 헐렁하게 걸쳤고, 그마저 오통 흙먼지에 더러워진 채로 달빛이 만든 나뭇가지의 그늘 속에 서 있었지만, 맹금보다 더 발달한 설무백의 눈은 그녀의 모습을 하나도 놓치지 않고 정확히 파악할 수 있었다.

그녀는 추레한 외관으로도 절대 가릴 수 없는 수려한 용모였다.

둥글게 휘어진 눈썹과 갸름한 콧대, 전반적으로 둥그스름한 얼굴형에, 뚜렷한 오관은 여느 대갓집에서 곱게 자란 규중처녀를 연상케 했는데, 특이한 것은 그녀의 두 눈이었다.

눈꼬리가 살짝 아래로 쳐져 있어 교활해 보이지는 않으면

서도, 깊고 유현한 그녀의 두 눈은 달빛을 받으며 섬뜩한 귀기(鬼氣)를 흘려 내고 있었다. 그리고 일수에 상대의 목을 베어 버린 그녀의 검법(劍法)또한 그와 같았다.

달빛과 달빛이 만들어 놓은 나뭇가지의 어지러운 그늘이 방해해서인지는 모른다.

놀랍게도 그의 시선이 미처 따라가지 못한 그녀의 검신(劍身)도 그처럼 사람의 가슴을 섬뜩하게 하는 귀기에 젖어 있었다.

'나라면 피할 수 있었을까?'

설무백은 그런 생각을 하다가 문득 깨달았다.

이제 보니 사내의 목을 베는 순간의 그녀와 마주한 지금, 이 자리에 서고 나서부터 그녀가 한마디 경고를 남기고 자리를 뜨고 난 후까지 그는 그림처럼 멈춘 채로 꼼짝도 하지 않고 있었다.

게다가 감정의 동요로 가슴이 두근거리며 발목이 나른하고 손끝이 파르르 떨리는 중이었다.

분명 두렵거나 무서운 것은 아닌데 자신도 모르게 온 몸에 전율이 감돌고 있는 것이다.

'호적수를 만났을 때의 감정이라고 치자.'

설무백은 그렇게 치부하며 속으로 웃었다.

이유야 어쨌든 나쁜 기분이 아니라 그럴 수 있었다.

과연 세상은 넓고 고수는 많다는 사실이 오히려 그의 기분을 흡족하게 했다.

'그런데 검후의 행적이 어떻게 되더라?'

이건 그가 아는 기억보다 이른 출현이었다.

그는 애써 전생의 기억에 담긴 검후의 행적을 떠올려 보며 검후가 죽인 사내의 주검으로 다가갔다.

그가 미처 살피지 못했으나, 새파랗게 질린 모습으로 굳어져 있던 공야무륵과 위지건이 그제야 정신을 차리며 그를 따랐다. 그러던 중에 공야무륵이 물었다.

"남해청조각······ 검후였죠?"

"응, 그런 것 같아."

설무백은 무심결에 대답을 하고 나서야 공야무륵을 돌아보았다. 격앙된 감정으로 미미하게 떨리는 목소리로 인해 그제야 공야무륵의 상태를 안 것이다.

그는 불쑥 물었다.

"강하지?"

"아, 예, 그러네요."

"아까 본 그녀의 일검을 공야무륵 네가 마주했다면 어땠을 것 같아?"

공야무륵이 매사에 거짓이 없는 사람답게 슬쩍 바닥에 엎어진 사내의 주검을 바라보며 대답했다.

"저렇게 됐겠죠."

그리고 투지와 강단으로 똘똘 뭉친 사내답게 설무백을 향해 히죽 웃으며 덧붙였다.

"대신 그녀도 조금 전처럼 그리 편하게 돌아가지는 못했을 겁니다. 적어도 팔 하나 정도는 끊어져 나갔을 테니까요. 흐흐흐……!"

설무백은 짐짓 면박을 주었다.

"그 정도로 만족하지 마! 너는 최소한 그녀가 동귀어진을 각오해야 덤빌 수 있을 정도의 경지에 올라설 능력을 키워야 해!"

공야무륵이 철저하게 그의 명령에 복종하는 사람답게 즉시 웃음기를 지우고 정색하며 대답했다.

"예, 알겠습니다! 기필코 그럴 겁니다!"

설무백은 슬쩍 고개를 돌려서 장승처럼 멀거니 서 있는 위지건을 바라보며 물었다.

"지건이, 너는 어땠을 것 같아?"

사정을 모르는 사람이 지금 이 순간을 보고 있다면 설무백을 참으로 몰상식한 인간으로 보았을 터이다.

누가 봐도 설무백은 약관의 청년인 데 반해 위지건은 족히 불혹의 나이를 넘긴 사내였다.

강호 무림의 서열은 나이로 결정되는 것이 아니므로 수하에게 하대를 하는 것은 그렇다 쳐도, 성을 뺀 이름까지 부르며 반말을 하는 것은 너무 건방지고 거만하게 보일 수밖에 없었다.

그러나 이건 말 그대로 사정을 모르는 사람의 경우에 한해 서였다.

아는 사람은 다 아는 사실이나, 위지건은 불혹이 아니라 설무백과 같은 나이였기 때문이다.

위지건은 놀랍도록 겉만 나이 들어 보이는 애늙은이였던 것인데, 한술 더 떠서 그에게는 말 못할 또 하나의 비밀이 있었으니…….

설무백은 질문을 듣고도 대답을 하지 않고 멀거니 바라만 보는 위지건과 시선을 잠시 마주하다가 이내 아차 하며 다시 말했다.

"아, 그래. 이건 말해도 되는 거야. 말해 봐."

위지건은 그제야 머리를 긁적이며 헤프게 미소를 흘렸다.

늘 굳게 입을 다물고 있어서 몰랐는데, 입이 옆으로 길게 찢어지며 듬성듬성 빠진 이가 드러난 상태로 머리를 긁적이는 그의 모습은 참으로 모자라고 미욱해 보였다.

이어진 대답도 그런 느낌이 강했다.

"헤헤, 그야 저는 모르죠. 주군이 정해 줘야죠. 지든 이기든 늙은이, 아니, 노인에게는 두 번, 젊은이에게는 세 번 덤비라고 했지만, 계집애에게는 몇 번이나 덤벼야 하는지 주군이 안 정해 줬잖아요."

"아, 그렇지."

설무백은 새삼 깨달으며 머리를 굴리다가 곰 같은 덩치를 숙인 채 두 눈을 말똥거리며 쳐다보는 위지건의 천진난만한 모습에 피식 웃으며 그냥 손을 내저었다.

"아니다. 너는 그냥 여자하고는 싸우지 마라. 그 덩치에 여자하고 싸우는 꼴은 보기 흉하겠다."

위지건이 눈을 끔뻑이며 바라보며 물었다.

"그냥 무조건 싸우지 마요, 아니면 가급적 말을 하지 말라고 한 것처럼 참다 못 참겠으면 싸워도 되는 건가요?"

"이건 내가 싸워도 된다고 할 때 싸우는 것으로 하자."

"예, 알겠습니다. 그렇게 할게요. 헤헤……!"

위지건이 이제야 알겠다는 듯 예의 미욱한 표정으로 헤프게 보이는 미소를 흘리며 머리를 긁적였다.

위지건이 가진 또 하나의 비밀이 바로 이것이었다.

오랜 과거 외문기공의 일인자로 군림하던 대력패왕 청우가 개파한 일인전승의 문파 금철문의 당대 문주인 위지건은 선대의 비기를 익히다 주화입마에 빠진 적이 있었다.

다행스럽게도 목숨을 잃지는 않았으나, 대신에 그는 단지 구결만으로도 대력패왕 청우가 남긴 비기를 순조롭게 깨우쳐 나가던 그 좋은 총기를 잃고 말았다.

즉, 위지건은 보통의 사람보다 지능이 낮은, 소위 말하는 얼간이 바보가 되어 버렸다.

그래서였다.

지난날 위지건은 매번 설무백의 한 방에 나가 떨어져서

혼절했음에도 불구하고 승복하지 않고 무려 여섯 번이나 끈질기게 덤비고 나서야 항복했다.

작고한 그의 사부가 그에게 남긴 말이 있었기 때문이다.

–누구든 너에게 덤비는 자가 있다면 무참히 지더라도 여섯 번은 재도전해라!

이것이 일 년 전에 작고한 그의 사부가 그에게 남긴 유언이었다.

아마도 위지건의 미욱함과 능력을 감안한 조치로 보이는데, 위지건은 그 말을 철저히 지켰던 것이다.

그런 면에서 볼 때, 위지건에게 새로운 규칙을 정해 주고, 가능하면 입을 열지 말라는 당부까지 한 설무백도 그런 마음이었을 것이다.

근엄한 얼굴과 우람한 풍채를 타고는 위지건은 입을 벌리지 않고 말을 하지만 않으면 심지 깊고 묵직한 장한의 모습인데, 일단 입을 열고 말을 하면 미욱한 성정이 여실히 드러났다.

설무백은 그런 위지건의 약점을 가려 주고 싶었다.

부족하고 못나 보이는 수하가 싫거나 창피해서가 절대 아니었다.

그는 노력 여하에 따라서 언젠가는 위지건이 본래의 지능을 되찾을 수 있다고 생각했다.

그래서 지금껏 그는 틈나는 대로 위지건에게 각종 지식을 가르치고 있었다.

물론 그 언젠가가 그리 빨리 오지 않으리라는 사실은 그도 잘 알고 있었다.

설무백은 헤프게 웃고 있는 위지건을 향해 준엄하게 말했다.

"입!"

"입!"

위지건이 즉시 복명복창하며 정색한 얼굴로 돌아가서 근엄해 보이는 자세를 취했다.

너무나도 딱 부러지게 복종하는 모습이라 믿음직스러운 한편으로 덩치와 상관없이 귀엽다는 생각이 절로 들었으나, 설무백은 애써 마음을 다잡으며 바닥에 널브러진 주검으로 시선을 돌렸다.

사내의 주검 곁에는 어느새 두 사람, 혈영과 사도가 쪼그리고 앉아 있었다.

설무백이 공야무륵 등과 대화를 나누는 사이에 모습을 드러낸 그들 중, 혈영은 저 멀리 떨어져 나간 죽은 사내의 머리를 들고 와서 몸통에 붙여 놓았으며, 사도는 사내의 전신을 낱낱이 훑어보며 면밀하게 살피는 중이었다.

"당연히 알 만한 인물이겠지?"

"그게 묘하게도 그렇지 않습니다. 제가 처음 보는 생경한 인물입니다."

설무백은 사도의 대답을 듣기 무섭게 고개를 갸웃거렸다.

사도의 말이 사실이라면 이건 참으로 묘한 일이 아닐 수 없었다.

보타문의, 일명 남해청조각의 검후가 강호 무림으로 나서는 시기는 그들의 사정에 따라 혹은 정해진 행동 약식에 따라 달라질 수 있지만, 검후가 비무할 상대는 사전에 이미 정해져 있고, 그들은 언제나 하나같이 내로라하는 강호 무림의 고수이다.

그리고 검후는 강호행에 앞서 자신의 적수라고 생각하는 무림의 고수들을 지정해 사전에 그들에게 비무첩을 돌린다.

따라서 검후의 비무첩을 받는 무림의 고수들은 두려운 일이면서도 한편으로 긍지와 자부심을 가진다.

검후의 비무첩을 받았다는 사실 하나만으로도 그는 강호 무림에서 손꼽히는 고수라는 뜻이 되기 때문이다.

'그런데 무명이다?'

설무백은 슬쩍 혈영에게 시선을 주었다.

혈영이 멋쩍은 기색으로 어깨를 으쓱해 보였다.

자신도 전혀 모르겠다는 대답이었다.

"어디……."

공야무륵이 죽은 사내를 살펴보았다. 그리고 이내 혈영과 같은 기색으로 입맛을 다시며 설무백을 보았다.

그도 알아보지 못하는 낯선 얼굴이었던 것이다.

설무백은 절로 미간을 찌푸렸다.

"설마 검후가 아닌가?"

검후의 상대가 무명이라는 것은 말이 되지 않았기 때문에 절로 든 생각이었다.

그때였다.

"물러나라!"

준엄한 호통이 들리며 예리한 살기가 쏘아졌다.

조금 전에 설무백 등이 서 있던 자리였다.

설무백은 슬쩍 고개를 돌려서 그쪽을 바라보았다.

희뿌연 그림자 하나가 쇄도하고 있었다.

그림자의 전면에서 푸르게 빛나는 것은 아마도 달빛을 받은 검신일 것이다.

그러나 설무백은 그저 바라만 보았다.

그는 굳이 자신이 나설 필요가 없다고 생각했고, 실제로 상황이 그렇게 돌아갔다.

하늘에서 떨어진 듯, 땅에서 솟은 듯 홀연히 나타난 백색의 인영 하나가 쇄도하는 그림자를 막아섰다.

혈영 등과 달리 모습을 드러내지 않고 있던 백영이었다.

그런데 상대가 만만치 않았다.

백영은 칼을 휘둘러서 쇄도하는 잿빛 그림자, 호리호리한 채구의 마의사내가 뻗어 내는 칼을 막으며 동시에 손을 내밀어서 마의사내의 손목을 잡아갔다.

그때.

사삭-!

쇄도하던 마의사내가 백영의 의도를 파악한 듯 순간적으로 검신에 담긴 초식의 변화를 주었다.

자신의 검신을 피해 손목을 잡으려는 백영의 손목을 역으로 베어 버리려는 초식이었다.

백영의 눈이 커졌다.

예기치 못한 적의 대처에 몹시 당황한 기색, 설무백은 그 순간에 나서서 백영의 등을 잡아당겼다.

"어……?"

당황한 백영이 뒤로 날아가고, 대신에 그 자리를 차지한 설무백은 상대, 마의사내의 초식 변화에 맞추어 현란하고도 신속하게 손을 움직였다.

파라락-!

설무백의 소매가 바람에 펄럭이며 마의사내가 휘두르는 검신을 피하고 흘리면서 안으로 깊숙이 파고들었다.

"헉!"

마의사내가 헛바람을 삼키며 물러났다.

그러나 이미 늦은 후였다.

설무백의 손끝은 이미 거머리처럼 마의사내의 가슴에 달

라붙은 상태였고, 화끈한 열기를 토해 냈다.

펑-!

"컥!"

마의사내가 억눌린 신음을 흘리며 날아갔다.

설무백은 그 모습을 지켜보며 살짝 고개를 갸웃거렸다.

저만치 날아가던 마의사내가 이리저리 몸을 비틀어서 끝내 중심을 잡고 안전하게 바닥으로 내려서고 있었으나, 그때문이 아니었다.

마의사내의 가슴에 일격을 가한 그의 손에서 전해진 느낌이 예사롭지 않았다.

그의 발경이 터지기 직전에 마의사내는 누가 뒤에서 당긴 것처럼 스스로 물러나서 충격을 완화해 버렸다.

임기응변의 탁월함도 탁월함이지만 그걸 생각과 동시에 행동으로 옮길 수 있는 마의사내의 실력은 가히 그조차 이채로운 것이었다.

물론 충격을 완화한 것이지 모두 다 회피한 것은 아니었다.

그러나 설무백의 손 속을 그렇게 막아 낼 수 있는 사람은 강호 무림에 그리 흔치 않았고, 마의사내는 그 안에 끼지 못했다.

따라서 마치 폭발하는 것처럼 떨어져 나간 마의사내의 가슴 옷깃 사이로 붉은 색이 드리워졌다.

선명하게 찍힌 붉은 장인이었다.

간신히 치명상은 모면했으나, 상당한 타격을 입은 흔적이었다.

간신히 중심을 잡으며 지상으로 내려선 마의사내가 끝내 한 무릎을 꿇은 것은 바로 그 때문이었다.

겨우 허리를 펴고 고개를 쳐든 그는 경악과 불신에 찬 눈으로 설무백을 바라보며 말을 더듬었다.

"네, 네놈은 누구냐?"

질문을 던지는 마의사내 뒤쪽으로 두 개의 그림자가 길게 늘어졌다. 두 사람이 더 나타난 것이다.

설무백은 새롭게 나타난 두 사람의 접근을 이미 느끼고 있었기 때문에 아무런 감정의 변화 없이 무심하게 사내를 직시하며 반문했다.

"그러는 네놈은 누군데?"

도산검림 刀山劍林 (11)

설무백의 일격에 나가떨어진 사내는 호리호리한 체구에 쭉 찢어진 뱁새눈과 뾰족한 콧날, 얇은 입술을 가지고 있어 가뜩이나 사납게 보이는 인상이었는데, 자신의 상황을 방심으로 돌리며 자책하는 기색이 역력했다.

　그런 그가 심드렁하게 되묻는 설무백의 태도에 눈이 돌아가서 불을 토해 냈다.

　설무백의 태도를 용납할 수 없는 거만으로 느껴 분노가 치솟은 모양이었다.

　"뭐라고? 이런 건방진……!"

　당장에 뛰쳐나올 것 같은 태도, 그런 그를 뒤쪽에 서 있던 두 사람 일노일소 중 초로의 노인이 준엄하게 말렸다.

"경거망동을 삼가라."

놀랍게도 눈에서 불을 뿜어 내던 사내가 노인의 한마디에 고개를 숙이며 옆으로 물러났다.

온몸에 서린 분노는 여전해 보였으나, 감히 노인의 말을 거역할 수 없다는 태도였다.

노인이 그와 상관없이 앞으로 나서서 정중히 공수하며 말했다.

"미안하오. 이 아이가 경황이 없어서 실수를 저지른 모양이요. 그대들이 우리 아이의 죽음과 아무런 연관이 없음을 알고 있으니, 진심으로 사과드리겠소. 다만 이 늙은이가 우리 아이의 주검을 수습할 수 있도록 자리를 비켜 주셨으면 좋겠소. 부탁하외다."

설무백은 대답을 미룬 채 흥미로운 눈초리로 노인을 관찰했다.

한발 물러서 있을 때는 몰랐는데, 앞으로 나선 노인의 존재감은 상당했다.

우선 노인에게서는 검처럼 예리한 기세가 느껴졌다.

아니, 노인이 마치 한 자루 검처럼 보였다.

남루한 마의를 걸친 작고 마른 체구, 축 처진 팔 자 눈썹과 길지만 숱이 별로 없는 수염까지 아래로 쳐진 팔자수염을 가진 얼굴이라 기력이 달리는 초로의 노인 정도로 보이는데, 느낌은 이질적이게도 고도로 정제된 검 같았다.

이 정도의 기도라면 무당마검 검노와 비교해도 절대 밀리지 않았다.

대체 어디에 누구이기에 이런 기도를 보일 수 있는 것인지는 몰라도 진정으로 뛰어난 검도 고수의 면모가 엿보이는 노인이었다.

일단 설무백은 최대한 공손함을 유지하기로 마음먹으며 묵묵히 한쪽 옆으로 물러난 다음, 슬쩍 손을 뻗어서 죽은 사내의 주검을 가리켰다.

"그야 제가 막을 명분이 없지요. 어서 수습하세요."

"고맙소."

마의노인이 짧게 감사를 표하고는 앞으로 나섰다.

자리를 떠나지 않고 그저 옆으로 비켜 준 설무백의 행동에 대한 거부감은 전혀 없어 보였다.

같이 나타났던 청의청년도 같은 생각인지 조용히 그의 뒤를 따랐으나, 앞서 설무백에게 당했던 사내는 달랐다.

잡아먹을 듯이 사납게 설무백을 노려보며 억지로 마의노인을 따르고 있었다.

설무백은 상관하지 않고 태연히 외면하는 것으로 사내의 시선을 흘려버렸다.

마의노인이 그사이 죽은 사내의 주검을 살피다가 묵직한 침음을 흘렸다.

"음!"

청의청년이 물었다.

"어찌 그러십니까, 사형?"

마의노인이 침음과도 같은 목소리로 대답했다.

"고작 세 번의 공격이었다. 불과 삼 초 만에 막내가 익힌 본각의 검예를 깨트렸다는 소리다."

"그럴 리가……!"

청의청년이 믿을 수 없다는 듯이 항변했다.

"막내가 비록 나태해서 게으름을 피우긴 했으나, 타고난 오성이 뛰어나서 일전에 이미 육성의 경지에 올랐음을 제가 확인했습니다. 상대가 제아무리……!"

"여기서 할 얘기는 아닌 것 같구나."

마의노인이 그의 말을 잘랐다.

아직 떠나지 않고 자리를 지키는 설무백 등의 눈치를 보는 것이었다.

청의청년이 급히 입을 다물었다가 이내 다시 열었다.

"사형, 제가 한번 확인해 봐도 되겠습니까?"

"그리하게."

마의노인은 청의청년을 대단히 신임하는 눈치였다.

대번에 승낙하며 자리를 비켜 주었다.

청의청년이 그 자리를 차지하며 바닥에 널브러진 사내의 주검을 살피기 시작했다.

그런데 그 방법이 묘했다.

청의청년은 죽은 사내의 주검을 이리저리 더듬고 있었다. 눈이 아닌 손끝으로 죽은 사내를 살피는 것이었다.

설무백은 그제야 알아차렸다.

죽은 사내의 주검을 살피는 청의청년의 행동도 행동이지만, 그러느라 상체가 흔들리며 달빛 아래로 얼굴이 내비쳤기 때문이다.

습관처럼 눈가를 가늘게 좁히고 있어서 몰랐는데, 달빛 아래 드러난 청의청년의 창백한 얼굴 위, 두 눈은 검은 동자가 없이 오통 희뿌연 백안이었다.

맹인(盲人)인 것이다.

'맹인인 검도 고수! 누구지?'

설무백은 왠지 모르게 알 것도 같고 모를 것도 같아서 애써 기억을 더듬었다.

하지만 딱히 기억나는 인물이 없었다.

그때 죽은 사내의 주검을 살피던 청의청년이 침울한 기색으로 고개를 갸웃거렸다.

"저도 잘 모르겠네요. 그 이상으로도 보이고, 그 이하로도 보입니다. 도무지 뭐가 뭔지……!"

청의청년은 탄식하고 또 탄식했다.

설무백은 그 모습을 보고 매우 놀랐다.

직접 눈으로 살핀 사람보다 손끝으로 매만져서 확인한 맹인이 보다 더 정확한 사태에 접근하고 있지 않은가.

그는 끝내 호기심을 참지 못하고 나섰다.

"외람된 말일지 모르나, 제가 그 답을 알고 있습니다만?"

마의노인과 청의청년, 그리고 그들의 말을 듣고 설무백에 대한 분노도 잊은 채 당혹스러운 기색을 드러내던 마의사내가 동시에 설무백에게 고개를 돌렸다.

"어떻게……?"

절로 흘러나온 것 같은 마의노인의 질문이었다.

설무백은 대수롭지 않게 대답했다.

"우연찮게 직접 봤지요."

마의노인이 사뭇 예사롭지 않게 변한 눈초리로 설무백의 전신을 훑어보았다.

그사이 마의사내가 비웃듯이 말했다.

"그대에게 진정 그 정도의 안목이 있을까?"

설무백이 뭐라고 대꾸하기도 전에 누군가가 마의사내의 태도를 비아냥거렸다.

"야, 그건 한 방에 나가떨어진 놈의 입에서 나올 소리가 아니지 않냐?"

암중의 백영이었다.

설무백은 눈살을 찌푸리며 물었다.

"가환이지, 너?"

이제 풍잔의 식솔들이라면 다 아는 얘기지만, 백영은 자연의 오묘한 조화로 인해 하나의 육체에 깃든 두 개의 자아를 가지고 있었다.

백가인과 백가환이 바로 그들인데, 백가인은 무공의 경지는 낮으나 차분하고 진중하며 백가환은 무공의 경지가 높은 대신 거칠고 사나우며 천방지축이었다.

설무백은 그래서 대번에 알 수 있었다.

조금 전 느닷없이 소리치며 달려들던 마의사내를 막아섰다가 놓친 것은 백가인이지만, 지금 마의사내의 도발에 발끈하며 나선 것은 백가환이었다.

아니나 다를까, 백영이 대번에 그의 짐작을 인정하는 말을 쏟아 냈다.

"저 새끼가 주제도 모르고 설치니까 저도 모르게 그만······!"

"또! 또······!"

설무백은 냉정하게 경고했다.

"또 까불면 이제 더는 데리고 다니지 않을 거다!"

천방지축인 백영에게, 정확히는 백영이 가진 두 개의 자아 중 백가환에게 이보다 더 좋은 위협은 없었다.

백가환은 얼마든지 한곳에 머물 수 있을 정도로 진득한 백가인과 달리 한시도 가만히 있지 못하는 성격이기 때문이다.

과연 백가환이 투정을 부릴망정 즉시 꼬리를 내렸다.

"쳇! 알았어요! 잘못했어요! 이제 안 나서면 되잖아요!"

설무백은 그제야 안색을 바꾸며 무언가에 홀린 것처럼 멀거니 바라보는 마의노인 등을 향해 물었다.

"어떻게 알려 줘요, 말아요?"

돌발적인 상황에 얼이 빠져 있는 것 같던 마의노인이 정신을 차리며 반문했다.

"물론 조건이 있겠지요?"

설무백은 당연한 것 아니냐는 듯 어깨를 으쓱이는 것으로 긍정하고 나서 물었다.

"존성대명을 좀 들을 수 있겠습니까?"

마의노인이 묘하다는 듯이 설무백을 바라보다가 이내 청의청년의 손을 잡으며 마의사내와 시선을 교환했다.

설무백의 질문은 그가 독단적으로 결정하고 대답해 줄 수 있는 문제가 아닌 것 같았다.

청의청년과 마의사내가 고개를 끄덕였다.

마의노인이 그제야 설무백을 바라보며 질문에 대답했다.

"노부는 과분하게도 선대의 유지를 받들어 태현문(太玄門)을 이끌고 있는 적용일문(狄容日文)이네."

설무백은 절로 눈이 커졌다.

보통이 아닌 기도로 인해 대체 어떤 대단한 신분을 가진 사람일까 궁금했는데, 이건 기대 이상이었다.

그럴 수밖에 없는 것이, 강호 무림에는 구대 문파와 따로 구분되는 구대검파가 있는 것처럼 여타의 검도 명가와 별개로 구분되는 사대신비검문(四大神祕劍門)이 있다.

각기 동서남북으로 나뉘어져 있어서 남북쌍각(南北雙閣)과

동천서지(東天西地)라고 부르는 그들은 바로 동쪽의 하늘이라는 검천(劍天), 서쪽의 땅이라는 검지(劍地), 남쪽의 바다인 남해청조각, 북쪽의 산인 북산현하각(北山玄霞閣)이다.

그리고 소문만 무성할 뿐, 한 번도 강호 무림에 등장하지 않은 검천검지(劍天劍地)와 달리 남해청조각과 북산현하각은 비정기적으로 종종 모습을 드러내서 자신들의 검예를 뽐내곤 했는데, 남해청조각이 보타문의 일맥이라는 것처럼 북산현하각은 바로 태현문의 일맥으로 알려져 있다.

즉 마의노인, 적용일문은 지금 자신이 남해청조각과 쌍벽을 이루는 북산현하각의 주인이라고 밝힌 셈인 것이다.

"북산현하각의 주인이시라니, 노인장께선 정말 사람 놀라게 하는 재주가 있네요."

설무백이 놀라움을 감추고 실소하며 말하자, 적용일문이 머쓱한 표정으로 눈을 깜빡였다.

"노부는 태현문을 이끈다고 했지 북산현하각의 주인이라는 소리는 하지 않았소만?"

설무백은 고개를 갸웃했다.

"그게 다른 건가요?"

"다르오."

적용일문이 잘라 말했다.

"남해청조각에 언제나 늘 검후가 존재하는 것이 아닌 것처럼 우리 북산현하각 역시 언제나 늘 검군(劍君)이 존재하는 것이 아니라오.”

설무백은 잠시 생각하고 나서야 적용일문의 이 말이 무슨 뜻인지 이해했다.

남해청조각의 주인이 보타문주가 아니라 검후인 것처럼 북산현하각의 주인 역시 태현문주가 아니라 검군이다.

그리고 작금의 남해청조각이 검후를 탄생시킨 것과 달리 작금의 북산현하각은 검군이 탄생하지 않았다.

이런 뜻이었다.

“그렇군요. 실례했습니다.”

“보기보다 예민한 성격인가보구려. 그런 일에 무슨 사과씩이나…….”

적용일문이 대수롭지 않게 그의 사과를 받아치고는 본론을 꺼냈다.

“그래서 이제 그대가 본 것을 말해 줄 수 있는 것이오?”

설무백은 기꺼이 말해 주었다.

“일검이었습니다. 초식이 아니라 그냥 일검, 한 동작 말입니다. 그녀는 그저 횡으로 검을 그었고, 거기 저 사내분의 목이 정확히 걸렸습니다. 개인적인 생각을 덧붙이자면, 저 사내분은 마치 무언가에 홀린 것처럼 그냥 그대로 서서 그녀의 일검을 받았습니다.”

“말도 안 되는 소리!”

마의사내가 두 눈을 부릅뜬 채 마치 분통을 터트리듯 맹렬하게 반발했다.

"가당치 않다! 검후가 제아무리 뛰어나다고 해도 우리 막내를 일검에 베어 버릴 수는 없다!"

그는 이를 갈며 설무백을 향해 으르렁거렸다.

"네놈은 진정 그 말에 책임을 질 수 있느냐?"

설무백은 싸늘하게 마의사내의 시선을 마주하며 말했다.

"내 말에 대한 책임은 언제든지 내가 진다. 근데, 정말 그게 사실이라면 지금 이리 나를 거짓말쟁이로 모독하며 나선 당신은 어떻게 책임질 생각인가?"

"책임?"

마의사내가 머리꼭대기까지 분노가 치솟은 듯 붉어진 얼굴로 검을 뽑으며 나섰다.

"오냐, 그래, 책임지마! 네가 원하는 것은 그게 무엇이든지 다 들어주겠다! 대신 나는 과연 네놈이 그걸 볼 수 있는 눈을 가졌는지 지금 당장 확인해 봐야겠다!"

공야무륵과 위지건이 반사적으로 기민하게 움직이며 설무백의 앞을 가로막으려 들었다.

그러나 그럴 필요가 없었다.

설무백의 신형이 한순간 흐릿해지며 쇄도하는 마의사내의 전면에서 나타났다.

마의사내가 수중의 검을 뻗어 내기도 전이었다.

설무백이 내민 손이 마의사내의 가슴에 달라붙었다.

조금 전 마의사내가 당했던 그 손 속 그대로인 수법이었으나, 이번에는 그때보다 배는 더 빠르고 배는 더 위력적이었다.

평-!

"크윽!"

마의사내가 신음을 토하며 저만치 날아가서 비탈길에 처박혔다. 그리고 발작하듯 반사적으로 일어난 그는 다시금 새우처럼 허리를 접으며 한 모금의 피를 토했다.

"우웩!"

설무백은 무심하게 그런 마의사내를 바라보며 말했다.

"자신이 방심해서 당했다고 생각할 줄 아는 사람이라면 상대가 손 속에 사정을 두었을 수도 있다는 예상도 할 줄 알아야지. 안 그래?"

마의사내는 발끈한 고개를 쳐들어서 그의 시선을 마주했으나, 대답할 수 있는 상태는 아니었다.

심화된 감정이 가슴의 격통을 더한 듯 볼썽사납게 일그러진 얼굴로 스르르 주저앉고 있었다.

"아무려나……."

설무백은 그런 마의사내를 대수롭지 않게 외면하고 적용일문과 청의청년을 향해 두 손을 펼쳐 보이며 물었다.

"이 정도면 증명됐죠?"

태현문주 적용일문은 식은땀을 흘렸다.

애써 내색을 삼갈 뿐, 가슴이 서늘해지고 등줄기도 축축하게 젖어 들었다.

대체 이 사내는 누군가?

태현문이 비록 소수고, 제아무리 강호 무림과 거리를 두고 생활한다고는 하나, 나름 성가 높은 고수에 대해서는 파악하고 있다고 생각했는데 전혀 그게 아니었다.

고작 약관 전후로 보이는 사내 중에 이처럼 대단하고 이처럼 엄청난 사내가 작금의 강호 무림에 있다는 얘기를 그는 한 번도 들어 본 적이 없었다.

그런데 지금 그의 눈앞에 있는 이 사내는 그조차 가늠하기 어려울 정도로 초월의 격을 쌓은 절대 고수였다.

처음에는 설마하며 무심히 지나쳐 버렸으나, 이제는 그걸 확실하게 느낄 수 있었다.

일견하기에는 비범(非凡)과 매우 거리가 멀었는데, 이제 보니 유난히 맑고 깨끗한 두 눈에 깊이를 측정키 어려운 신비를 가득 담고 있는 사내였다.

이 사내는 진짜였다.

'혹시 우리가 모르는 전대의 고수인가?'

적용일문은 그런 생각으로 애써 경악과 불신의 마음을 억누르며 자세를 바로하고 물었다.

"어느 방면의 고인이시오?"

설무백은 선뜻 대답하지 않고 입을 다문 채 흥미로운 눈초리로 적용일문을 관찰했다.

수척해 보일 정도로 마른 얼굴에 가는 눈매를 가져서 강팍해 보이는 것이 당연함에도 전혀 그렇게 느껴지지 않았다.

어쩌면 그건 축 처진 팔 자 눈썹의 효과일지도 모르는데, 그게 전부는 아니라는 사실을 심현(深玄)한 두 눈에 담긴 근엄한 빛이 말해 주고 있었다.

실력을 드러내자 태세를 전환한 사람이라 못내 거슬리나, 적어도 괜한 편견으로 척을 질 인물로는 보이지 않았다.

그는 최대한 공손하게 나가기로 생각한 마음을 그대로 유지하며 대답했다.

"고인이라니요. 노인장께서 잘못 보셨습니다. 저는 어쩌다 인연이 닿아서 한 수 재간을 익혔을 뿐이지, 그런 사람은 아닙니다."

설무백의 대답이 적용일문에게는 신분을 드러내고 싶어 하지 않는 정중한 사양으로 들렸다.

강호 무림에는 신분을 감추고 싶어 하는 기인이사가 얼마든지 널려 있었다.

"그렇구려."

그는 아쉬운 표정일지언정 더 이상 그에 대해서 캐묻지 않으며 말문을 돌렸다.

"아무튼, 사제의 오해를 용서해 주시오. 사안이 워낙 중대하다보니 평소 신중한 사제가 그만 이성을 잃고 경거망동을 하고 말았소. 이점 너그럽게 이해해 주시오."

설무백은 내심 고소를 금치 못했다.

그의 눈으로 보는 마의사내는 적용일문의 말과 전혀 달랐다.

아무리 봐도 마의사내는 성마른 성격의 소유자였다.

지금 이 순간에도 매서운 눈초리로 그를 노려보고 있는 것이다.

그러나 일파의 존장이 이렇게까지 사과하며 용서를 구하는데 어찌 외면할 것인가.

"노인장께서 그렇다면 그런 거겠죠. 그럼 저는 이만……!"

"아니, 저기, 잠시만……!"

설무백이 이렇듯 갑자기 자리를 떠나려 할 줄은 미처 예상하지 못했는데, 다급히 붙잡는 사람이 있었다.

맹인인 청의청년이었다.

적용일문이 넌지시 청의청년을 불렀다.

"넷째야."

말리는 것이 아니라 의중을 묻는 것으로 들리는 부름이었다.

청의청년이 나직이 자신의 의중을 드러냈다.

"소제는 좀 더 자세히 듣고 싶습니다. 비록 의도한 바는 아니나, 막내의 도움을 헛되이 하는 것은 도리가 아니라고 생각합니다."

적용일문이 어쩔 수 없다는 듯 조용히 물러났다.

청의청년이 감각으로 그걸 느낀 듯 기꺼운 표정으로 변해서 인사하고는 설무백을 향해 말했다.

　"부탁이 있소, 소협. 나는 대현문의 적용사문(狄容獅文)이라고 하는데, 당시 우리 막내의 상황을 보다 자세히 설명해 줄 수 있겠소?"

　설무백은 새삼스러운 시선으로 맹인인 청의청년, 적용사문을 바라보았다.

　내색은 삼갔으나, 그는 적용일문이 공들여 벼린 한 자루 검과 같다면 이 사람, 적용사문은 날을 세우지 않은 투박한 검과 같다는 생각을 하고 있었다.

　적용일문에게선 단단한 예리함이 느껴졌지만 적용사문에게서는 오히려 부드러운 느낌이 강하게 들어서 그랬다.

　그런데 이제 보니 그게 다가 아니었다.

　적용사문의 기도에는 부드러움만이 아니라 모순적이게도 왠지 모르게 거리를 두어야 할 것만 같은 신랄함을 내포하고 있었다.

　설무백은 그 이유를 이내 깨달았다.

　적용일문이 검갑에서 뽑혀진 검이라면 적용사문은 검갑에 들어 있는 검이었다.

　검은 막상 뽑아 들었을 때보다 검갑에 들어 있을 때가 더 위협적으로 느껴지는 법이라지만, 이건 그것과 다른 맥락의 얘기였다.

설무백의 견지에서 적용사문은 검을 뽑아 들지 않은 상태에서도 검을 뽑아 든 적용일문과 비등한 기세를 풍기고 있었다.

 이건 아무리 생각해도 적용사문의 검예가 적용일문의 그것보다 보다 더 높은 경지라는 뜻과 다름 아닌 것이다.

 '이 사람이 검을 뽑으면 과연 어느 정도일까?'

 설무백은 어쩔 수 없이 부상하는 진한 호기심을 억누르지 못해서 그냥 가지 못하고 적용사문의 질문에 대답했다.

 호기심과 더불어 가지고 싶다는 욕심도 함께 생겨났기 때문이다.

 "그야 어려운 일이 아니오. 제가 우연찮게 여기 도착했을 때, 그녀는……!"

 당시의 상황을 제대로 자세하게 설명하자니. 우선 그는 장내에 도착한 순간과 위치를 먼저 말해야 했고, 거기서 바라보는 시각과 자신의 견해도 추가해야 했다.

 그녀, 검후를 중심으로 하얀 원이 그려지고, 그 원이 이내 달빛 아래에 검게 물든 피 보라로 변하며 사내의 머리가 그림처럼 베어져 나가는 그때의 순간의 광경을, 물이 흐르듯 유연하며 시간이 멈춘 듯 고요하면서도 폭발하는 것처럼 역동적이고 화려하기까지 했던 그녀, 검후의 일검을 보고 느낀 그대로 세세하면서도 낱낱이 설명해 주었다.

 "아……!"

적용사문은 그의 얘기를 듣는 내내 일생 처음 느껴 보는 장면을 마주한 것처럼 경이로운 표정을 짓고 있다가 설명이 끝나자 가벼운 탄성을 흘렸다.

마치 더 보고 싶고, 느끼고 싶은 것을 더 이상 그럴 수 없게 되자 절로 흘러나온 아쉬움의 탄식으로 느껴졌다.

설무백은 잠시 가만히 그런 그를 물끄러미 바라보다가 불쑥 속내를 꺼냈다.

"내가 보기에 저기 저 문주님도, 그리고 귀하도 검후의 검을 받은 막내라는 그 사람보다 강하오. 한데, 왜 당신들이 아닌 그 사람이 검후와 검을 마주한 거요?"

적용사문이 고개를 하늘로 쳐들었다.

달빛을 받은 그의 두 눈이 투명한 광채를 발하며 보석처럼 신비롭게 빛났다.

"검후가 보낸 비무첩은 검군의 것이오. 막내가 그걸 우리 몰래 빼돌려서 나섰던 거요."

설무백은 이제야 상황을 이해하며 거듭 물었다.

"귀하가 검군이오?"

적용사문이 아련하게 흔들리는 눈빛으로 고개를 저었다.

"아니오. 아쉽게도 전대 검군은 귀천했고, 다음 대 검군은 아직 탄생하지 않았소."

설무백은 묵묵히 고개를 끄덕였다.

더 이상의 질문도, 더 이상의 설명도 필요하지 않았다.

아련한 빛에 잠긴 적용사문의 두 눈이 모든 것을 말해 주고 있었다.

"그렇구려. 괜한 걸 물어 미안하오. 그럼 나는 이만……!"

설무백은 홀가분하게 돌아섰다.

이제 곧 새벽이었다. 예기치 않게 시간을 많이 지체했다.

더 늦기 전에 그만 발길을 서둘러서 섬서의 성 경계를 넘어야겠다는 생각이 들었다.

그때 뒤에서 적용사문이 불쑥 말했다.

"아직 탄생하지 않았다는 것은 이제 곧 탄생할 수도 있다는 소리요. 다음 대 검군이 누군지 궁금하지 않소?"

설무백은 발걸음을 멈추지도, 돌아보지도 않고 태연하게 손을 흔들며 대꾸했다.

"궁금하지만 능히 짐작이 가서 따로 들을 필요는 없을 것 같소."

"누굴 것 같소?"

"그야 당연히 적용사문이이겠지."

적용사문의 입가에 미소가 걸렸다.

그러다가 그는 이내 아차 하는 얼굴로 변해서 소리쳤다.

"당신은 그걸 알고 가고, 나는 당신이 누군지 모르고 남으니 매우 손해라는 기분이 드는구려."

설무백은 가타부타 아무런 대꾸를 하지 않고 발걸음을 재촉해서 어둠 속으로 사라졌다.

적용사문은 매우 실망한 표정이다가 이내 얼굴 가득 환한 미소를 드리웠다.

설무백이 사라진 어둠 속에서 대답이 돌아왔던 것이다.

"나는 무백, 설무백!"

도산검림 刀山劍林 (12)

"이름까지 알려 준 것을 보면 욕심이 나도 아주 많이 났다는 소린데, 왜 이렇게 그냥 가는 거예요? 아까 그치 눈치를 보니까 주군께서 손만 내밀면 여지없이 와락 잡을 것 같던데?"

적용사문 등과 만났던 동산을 벗어나서 길게 뻗어진 관도로 들어서는 시점이었다.

참고 또 참다가 토해 낸 것인지 암중의 백영이 속사포처럼 따지고 들고 있었다.

백가인이 아니라 백가환이었다.

백가환만이 이렇게 되바라질 수 있었다.

설무백은 슬쩍 고개를 돌려서 측면의 한곳을 이채로운 눈초리로 바라보았다.

"의외네?"

거기 그쪽 방향에서 고도의 은신술을 발휘하며 그를 따르고 있던 혈영이 대답했다.

"……그게, 저도 궁금해서…….."

설무백은 실소했다.

백영이, 정확히는 백가환이 되바라지게 나설 때마다 그보다 먼저 나서서 통제하던 혈영이 어째 조용하다 했더니만, 혈영도 그냥 그 자리를 떠나온 이유가 궁금했던 것이다.

그는 간단하게 설명해 주었다.

"별거 아냐. 내가 신분을 감춘 채로 남몰래 구대 문파를 비롯한 각대 문파를 돌며 환란의 시대에 대한 경각심을 주고 있는 것과 같은 거야. 그저 믿을 수 없는 거지."

그렇다.

설무백은 그간 틈만 나면 은밀하게 구대 문파를 비롯한 강호 무림의 각대문파를 돌며 앞으로 다가올 환란의 시대에 대한 경고를 하고 다녔다.

이는 풍잔의 요인들만 아는 사실로, 호접몽(蝴蝶夢)이라는 가명 아래 극비리에 진행하는 일인데, 그가 본색을 감춘 채 그러는 이유는 오직 하나였다.

바로 그 역시 누가 적인지 모르기 때문이다.

"뭐예요? 그러니까 저치들의 태현문에도 주군께서 말하는 환란의 주역이 침습해 있을 수도 있다고 생각하시는 거네요?"

"아닐 수도 있지만, 그럴 수도 있으니까. 조심해서 나쁠 것 없잖아."

"와, 이제 보니 우리 주군 정말 엄청 겁쟁이시네."

백영의 태도가 선을 넘었다고 생각했는지 혈영이 매섭게 소리쳤다.

"백영!"

백영이 콧방귀를 뀌었다.

"하여간 우리 혈영 형님은 참 고지식하다니까. 겁쟁이에게 겁쟁이라고 해야 욕이 되는 겁니다. 누가 봐도 겁쟁이가 아닌 주군께 겁쟁이라고 하는 건 그저 농이라고요, 농!"

혈영이 나직하나 사납게 느껴지는 어조로 말했다.

"네가 감히 주군과 농을 주고받을 사이더냐?"

백영이 움찔하는 기색으로 침묵했다.

혈영이 그에 아랑곳하지 않고 한마디 경고를 더했다.

"그리고 너의 그 변명이 내게는 통할지 모르겠으나, 전혀 통하지 않는 사람도 있다는 것을 잊지 마라."

이게 누구를 두고 하는 말인지는 굳이 설명할 필요도 없었다.

공야무륵이 벌써부터 싸늘해진 눈초리로 백영이 은신한 공간을 노려보고 있었다.

백영이 공야무륵의 태도가 장난이 아님을 한눈에 간파한

듯 더는 찍소리 못하며 용서를 빌었다.

그 역시 공야무륵이 설무백을 위해서라면 적아에 구분 없이 얼마나 잔인해질 수 있는 사람인지 익히 잘 알고 있었기 때문이다.

"죄송합니다! 앞으로 주의하겠습니다!"

설무백은 웃으며 손을 내저었다.

"괜찮아. 내가 좀 겁이 많긴 하잖아. 하지만 어쩔 수 없어. 한 번 죽어 보니 겁이 많아질 수밖에 없더군."

"예……?"

백영이 너무 어처구니가 없어서 어리벙벙해진 얼굴이 눈에 보이는 것 같은 반문을 흘렸다.

혈영이 재빨리 나섰다.

"신경 쓰지 마. 가끔 저러시니까."

"아, 예……!"

백영이 뭐가 뭔지 모르겠다는 기색이면서도 수긍하고 입을 닫았다.

설무백은 그제야 백영이 은신한 공간을 일별하며 한마디 덧붙였다.

"그리고 뭐 어때. 그러다 그냥 죽으면 되지, 뭐."

"예?"

백영이 기겁했다.

공야무륵이 그런 그의 기척과 상관없이 혹시나 해서 참고 있었다는 듯 슬쩍 설무백을 보며 물었다.

"죽일까요?"

설무백은 뭐라고 대꾸하기 전에 백영이 크게 하하 웃으며 말했다.

"그러지 마세요. 공야 선배는 무슨 말을 해도 농담으로 안 들려요."

"······."

"농담인 거죠?"

"······."

"농담이잖아요?"

"······."

공야무륵이 슬며시 백영이 은신한 공간을 외면하고 있었다.

설무백은 그 모습을 보자 어쩌면 정말로 농담이 아닐 수도 있다는 생각이 들었다.

그는 서둘러 발길을 재촉했다.

"괜한 말장난 그만두고 어서 가자. 폭호채와 대곤채를 들렀다가 가려면 서둘러야 한다."

새벽의 여명이 어느새 관도를 비추고 있었다.

설무백의 말마따나 예정대로 폭호채와 대곤채를 방문했다가 귀가하려면 서두르는 것이 좋았다.

설무백은 그간 공식적인 자리에서 폭호채의 채주인 폭호

왕이정을 한 번도 만난 적이 없었다.

다만 수하들을 거느리지 않은 비공식적인 자리에서는 한 번 만난 적이 있었다.

북련의 총사 희여산의 주선이었다.

설무백이 기억하는 당시의 왕이정은 일찍이 산채에서 태어나고 자란 산적의 후예답게 광폭하고 욕심이 많다는 소문과 달리 사납거나 상스러운 모습을 전혀 보이지 않고 강호의 명숙처럼 매사에 넉넉한 태도를 견지했다.

이유가 있었다.

당시의 왕이정은 무척이나 희여산의 눈치를 보았다.

그건 아무리 봐도 단순히 힘을 합친 연맹의 상하관계만으로는 이해될 수 없는 모습이었는데, 설무백은 그에 대해서 짐작 가는 바가 있어서 파고들지 않고 그냥 넘어갔다.

전생의 희여산은 비록 사내들을 치마폭에 품고 사는 요녀는 아니었으나, 수많은 사내들이 그녀만을 바라보며 살았다.

안에서 새는 바가지가 밖에서도 샌다고, 지금이라고 크게 다르지 않으리라는 것이 설무백의 생각이었다.

그러나 설무백의 눈에 다시 만난 왕이정의 인상이 과거에 만난 그날과 같이 매사에 넉넉한 강호의 명숙처럼 보이지 않는 것은 그런 선입견이 작용해서가 아닐 것이다.

적잖은 시간이 흘렀고, 모든 것이 변했다.

그리고 그 모든 변화들 중 가장 큰 폭으로 변화한 것은 설무백이었다.

그래서였다.

오늘의 왕이정은 홀로 객잔의 밀실에 안에 있던 과거의 그날과 달리 범강장달(范疆張達)같이 생긴 수많은 부하들을 거느린 채 호화로운 탁자에 산해진미를 차려 놓고, 고급스러운 청동향로에 향까지 피워 놓고 있었다.

그러나 설무백은 별다른 감흥이 없었다.

아마도 이제 왕이정은 더 이상 그가 경계해야 할 대상이 아니기 때문일 것이다.

설무백의 눈에 들어온 왕이정은 이제 그저 그런 흑도의 고수 그 이상도, 그 이하도 아닌 존재였다.

그런 그의 마음을 아는지 모르는지, 산채의 입구에서 안내자로 나선 소두목을 따라 중정에 차려진 연회장으로 들어서는 그를 맞이하는 왕이정의 태도는 더 없이 극진했다.

"어서 오시오, 대당가. 그간 적조해서 못내 마음이 쓰였는데, 마침 이렇게 찾아 주니 반갑기 그지없구려."

"오랜만에 뵙겠습니다."

설무백은 가볍게 답례를 하고, 왕이정에 내세우는 폭호채의 소두목들과 차례대로 통성명을 하며 인사를 나누었다.

애초에 형식적인 인사는 다 배제하고 싶었으나, 사전에 연회까지 준비하는 성의를 보이며 기다린 사람의 제안을 무시할 수는 없었다.

인사를 나누는 소도목 중에는 그가 관심을 가질 만한 인물도 있어서 생각보다 그리 나쁜 기분도 아니었다.

인사가 그렇게 끝나고 설무백은 왕이정과 몇몇 소두목이 함께한 탁자 곁에 따로 마련된 탁자에 자리를 잡고 앉았다.

예닐곱 명이 앉아도 충분한 자리에 설무백이 혼자 앉고, 암중의 네 사람은 모습을 드러내지도 않은 상태로 공야무륵과 위지건은 뒤에 나란히 시립한 까닭에 자리가 휑해 보였으나, 누구도 그걸 뭐라는 사람은 없었다.

"자, 다들 술을 돌려라."

왕이정이 자리를 주도했다.

음식을 나르며 시중을 드는 사내들이 술을 내오고 모두가 술잔을 채웠다.

"오늘은 귀한 손님이 오신 날이니 모두 마음껏 즐겨도 좋다."

왕이정이 술잔을 들고 말하며 자신이 먼저 단숨에 술잔을 비우는 것으로 분위기를 이끌었다.

사내들 모두가 단숨에 술잔을 비웠다.

조용하던 장내가 이때부터 왁자지껄하게 바뀌며 그야말로 연회장으로 변했다.

그러나 설무백은 한가하게 연회를 즐길 생각이 전혀 없다.

이 정도면 성의는 충분히 보였다고 생각한 그는 주저하지 않고 옆자리의 왕이정을 향해 물었다.

"이런 자리는 익숙하지 않아서 그러는데, 잠시 자리를 좀 옮길까요?"

왕이정이 익히 짐작하고 있다는 듯이 웃으며 대답했다.

"익히 예상은 했지만, 정말 싫은 건 한시도 못 참는 성격이군. 언제 그 말이 나오나 했더니만, 불과 석 잔 술을 마시기도 전에 나서다니 말이야."

설무백은 예기치 못한 왕이정의 태도에 절로 머쓱해졌다.

왕이정이 의미심장하게 웃는 낯으로 자리를 털고 일어났다.

"갑시다. 안 그래도 따로 자리를 마련해 두었소."

왕이정이 따로 마련한 자리는 연회가 벌어지는 중정에서 세 개의 담과 하나의 정원을 지나서 자리한 전각의 대청이었다.

전체가 통나무로 지어져서 알싸한 나무 냄새를 풍기는 그 대청의 중앙에는 이미 술상 대신 간단한 다과가 준비되어 있었다.

왕이정이 다 둘이 마주앉기 무섭게 차병을 들어서 설무백의 찻잔에 차를 따라 주며 말했다.

"마셔 보시오. 새순으로만 만든 일엽(一葉)라고 하는 차요. 내가 본디 혀가 싸구려라 맛은 어떤지 잘 몰라도 아주 비싼 거라오."

설무백은 차를 마시며 새삼스러운 눈빛으로 왕이정을 보았다.

비싸다는 차 맛 때문이 아니라 왕이정의 모습 때문이었는데 왠지 조금 의외였다.

원래 이런 사람이었나 싶을 정도로 완전히 느낌이 달랐다.

"향이 좋군요."

"비싼 거니까."

왕이정이 새삼 차의 가격을 강조하며 히죽 웃고는 불쑥 물었다.

"아무려나, 대당가가 우리 녹림성회(綠林盛會)에는 왜 그리 관심을 가지는 거요?"

설무백은 한 방 맞은 기분이 되었다.

아직 아무런 말도 하지 않았는데 대번에 그의 용무를 꿰뚫어 보고 왕이정의 혜안이 적잖게 당황스러웠다.

왕이정의 말마따나 그는 녹림십팔채를 주축으로 하는 녹림맹에서 십 년 주기로 한 번씩 열리는 녹림성회에 대해서 알아보기 위해 오늘의 자리를 마련했던 것이다.

"어떻게 아셨습니까?"

"나도 이 나이 먹도록 헛산 건 아니라오. 내내 연락 한 번 없던 대당가가 갑자기 나를 보자고 했을 때부터 익히 짐작했지. 아무리 봐도 한해 앞으로 다가온 녹림성회 말고는 달리 이유가 없더군."

"그랬군요."

설무백은 입으로는 인정하는 대답을 흘리며 머리로는 전혀 다른 생각을 했다.

제갈명에게 전해 들은 얘기가 있었다.

'과격하고 단순무식한 왕이정이 어울리지 않게 총명한 제자 하나를 곁에 두고, 그 제자가 무슨 말을 해도 절대적으로 따르고 있다든가 그랬지 아마?'

설무백은 은연중에 왕이정 뒤에 시립한 말쑥한 차림의 세 사내를 살펴보았다.

중앙에 선 작은 체구의 노인은 문신이라 불리는 산채의 모사인 위지공이고, 머리숱이 적은 좌측의 중년인은 과거 죽은 뇌격부 전충의 후임인 새로운 부채주 흑대망(黑大蟒) 상학(相鶴), 그리고 각진 얼굴인 우측의 청년은 소두목 중 하나인 귀면도(鬼面刀) 혁천조(赫擅朝)였다.

'제법 특이한 걸?'

소도목인 귀면도 혁천조를 두고 하는 생각이었다.

제갈명이 말하길 왕이정의 제자라고 했으니, 귀면도 혁천조가 틀림없었다.

녹림산채의 소두목은 단지 소두목이라는 지위만 가지는 것이 아니라 그들 중에 총기나 능력을 인정받은 소두목은 쌍산이라 부르는 채주의 절기를 사사할 수 기회를 얻게 되어 있었다.

즉, 소두목 중에는 채주의 제자가 섞여 있는 것이다.

설무백이 대번에 혁천조가 제갈명이 말하는 왕이정의 총명한 제자임을 눈치챈 이유가 그 때문인데, 과연 예사롭지 않은 용모였다.

산적답지 않게 영준하고 순한 얼굴에 영롱한 눈빛이 두드러져서 무공을 익혀 갓 출도한 무림세가의 후예인 청년 무사처럼 풋풋한 인상이었다.

산적은 무식하고 투박하다는 편견이 강해서인지는 몰라도, 이런 인상의 사내가 산적 소굴의 소두목이라니, 직접 앞에서 보면서도 쉽게 실감되지 않았다.

'어쨌거나 굳이 내색할 필요는 없지.'

설무백은 은연중에 자신의 시선을 무시하고 있는 혁천조를 빙그레 웃는 낯으로 외면하며 왕이정을 향해 말했다.

"채주께서 예리하신 통에 대화가 한결 편해지네요. 제대로 보셨습니다. 제가 오늘 자리를 마련한 것은 내년에 열리는 녹림성회를 두고 채주께 몇 가지 물어볼 것이 있어섭니다."

왕이정이 득의한 미소를 흘리며 말했다.

"그야 어려운 일이 아니지. 대당가가 어째서 녹림성회에 그리 관심을 가지는 건지 먼저 말해 준다면 말이야."

설무백은 주저하지 않고 대답해 주었다.

"제가 녹림성회에 관심을 가지는 이유는 하나입니다. 혹시나 녹림성회로 인해 녹림맹의 기조(基調)가 바뀌지 않을까

천외천의
주인

해서입니다."

사실이었다.

녹림의 이름을 내걸고 있는 산채들이 십 년에 한 번씩 모두 모여서 보름간의 집회를 가지는 녹림성회에서는 녹림맹의 중대사 두 가지를 처리한다.

승급비무(昇級比武)와 녹림맹주의, 즉 녹림도 총표파자의 재신임 여부를 결정하는 것이 바로 그것이었다.

그리고 그날의 그 두 가지 결정에 따라서 녹림맹의 기조가 달라질 수도 있었다.

녹림맹의 승급 비무는 일반 문파처럼 개인의 무공을 평가하는 것이 아니라, 각 산채의 등급을 대표의 비무로 십팔채(十八寨)와 삼십육향(三十六香)을 결정하는 것이고, 총표파자의 재신임 여부는 말 그대로 새로운 총표파자가 탄생할 수도 있기 때문에 그랬다.

왕이정이 무슨 말인지 알겠다는 듯 고개를 끄덕이며 혼잣말처럼 중얼거렸다.

"녹림십팔채 모두가 반목하지 않는다면 녹림맹의 기조는 총표파자의 의견과 일치하지."

그는 빙그레 웃는 낯으로 설무백을 바라보며 물었다.

"그럼 궁금한 것이 그건가? 현 녹림도 총표파자이신 산귀 어른이 이번 녹림성회에서 재신임 될지 안 될지?"

설무백은 부정하지 않고 말했다.

"쟁쟁한 경쟁자들이 나선다는 얘기를 들었습니다. 특히 어떤 도전자들은 산귀 어른조차 승부를 장담하기 어렵다고 하더군요."

"사검매유(邪劍魅儒) 분척(墳倜)과 철각흉신(鐵脚凶神) 서진붕(徐眞崩)!"

왕이정이 잘라 말했다.

"산동 양곡령(陽谷嶺) 천부채(天府寨)와 하남 서부 기현령(杞縣嶺) 요광채(搖光寨)의 쌍산이지."

말을 끝맺은 왕이정은 능글맞게 웃으며 덧붙였다.

"너무 그리 조심하며 가리지 않아도 되오. 나는 우리 사이가 그 정도는 된다고 생각하는데, 아니 그렇소?"

설무백은 수긍의 빛으로 고개를 끄덕이며 물었다.

"어떻습니까? 변화가 있을 것 같습니까?"

왕이정이 은유적으로 빗대서 반문했다.

"대당가의 뜻은 어디에 있소? 평화요, 아니면 전쟁이오?"

이 말은 질문이자, 설명이었다.

평화는 작금의 녹림도 총표파자인 산귀가 재신임을 받는 것이고, 전쟁은 녹림맹에 새로운 총표파자가 나오는 것이라는 뜻인 것이다.

현 녹림도 총표파자인 산귀는 현재진행형인 북련과 남맹의 싸움에서 철저한 온건파로, 확전을 반대하는 사람인데 반해 이번 녹림성회에서 주목받고 있는 사검매유 분척과 철각흉신 서진붕은 그 어디에서 자신들의 흉금을 드러내지 않아서 대외적으로 진심이 알려진 바가 없었는데, 지금 왕이정이 질문을 빙자해서 그것을 설무백에게 알려 주었다.

실수인 건지 아니면 의도적인 것인지는 모르겠으나, 분척과 서진붕은 산귀와 상반되는 강경파로, 휴전 상태로 이어지는 작금의 상황을 깨트리고 싶어 하는 사람들임을 알려 준 것이다.

설무백은 자못 음충맞은 미소를 보이며 대답했다.

"저야 가능하다면 전쟁이 좋지요. 그래야 요즘 급격히 제게 쏠리는 세간의 이목이 사라질 테니까요."

왕이정의 안색이 살짝 변했다.

매우 기꺼운 감정을 애써 억누르는 기색이었다.

사검매유 분척과 철각흉신 서진붕이 이미 녹림십팔채의 채주들을 거의 다 구워삶았다는 얘기가 떠돈다고 하더니, 아무래도 그게 사실인 것 같았다.

'이자는 누구와 손을 잡았을까? 분척? 아니면 서진붕?'

설무백은 곧 자리를 털고 일어났다.

그리고 정중히 공수하며 작별을 고했다.

"채주님의 도움에 감사드립니다. 덕분에 못내 갑갑하던 의문이 풀려서 아주 상쾌합니다. 그럼 저는 이만……!"

왕이정의 눈동자가 빠르게 굴렀다.

'이건 뭐지, 이건 아닌데' 하는 표정이었다.

은근슬쩍 뒤에 시립한 위지공과 혁천조의 눈치까지 보는
것을 보니, 정말 매우 당황한 눈치가 역력했다.

　설무백은 그런 왕이정에게 그 어떤 기회도 주지 않고 빠
르게 돌아서서 장내를 벗어났다.

　이제 그는 더 이상 왕이정을 비롯한 폭호채에 남은 용무
가 없었다.

도산검림 刀山劍林 (13)

설무백은 더 이상 폭호채에 남은 용무가 없었지만, 폭호채는 설무백에게 용무가 남은 모양이었다.

폭호채를 벗어나서 하산하는 도중이었다.

난주로 이어진 관도로 향하는 길목을 가로막고서 설무백 일행을 기다리는 폭호채의 무리가 있었다.

정확히는 세 명, 귀면도 혁천조와 두 명의 소두목이었다.

"역시……!"

설무백은 웃었다.

그는 내심 평소 왕이정을 곁에서 보좌하던 폭호채의 모사인 위지공이나 현 폭호채의 주력 세대의 대표랄 수 있는 혁천조 중 한 사람쯤은 나설 거라 생각하고 있었던 것이다.

그런 그의 생각과 무관하게 공야무륵이 이젠 익숙해진 살기를 드러내며 물었다.

　"죽일까요?"

　설무백은 넌지시 말렸다.

　"싸우자는 건 아닌 것 같으니, 일단 그릇을 좀 보자."

　혁천조가 그 순간에 뚜벅뚜벅 앞으로 나서더니 그의 면전에 이으러 정중히 공수했다.

　"우선 지극히 개인적인 용무로 대당가의 앞길을 막아선 점 사과드리겠소."

　설무백은 예리하게 물었다.

　"채주 앞에서는 드러낼 수 없는 용무인가 보지?"

　"오해는 마시오. 상관은 없으나, 굳이 그럴 필요가 없었을 뿐이오."

　"그래서 용무는?"

　자연스럽게 이어지는 설무백의 하대를 혁천조는 별다른 거부감 없이 받아들이며 대답했다.

　"대당가에게 알려 줄 사실이 하나 있소."

　"말해 봐."

　"폭호채의 미래는 나에게 있소. 조만간 내가 폭호채를 이끌 거요."

　"그래서?"

　"다른 이유는 없소. 그저 그렇다고 대당가에게 먼저 알려 주는 것뿐이오.”

설무백은 특유의 미온한 미소를 드러냈다.

혁천조의 대답은 일순 매우 싱거운 말로 들렸으나, 사실은 전혀 그렇지가 않았다.

혁천조는 설무백을 인근의 패주로 인정하고 자신의 입장과 앞으로 벌어질 일을 사전에 알리고 있었다.

이는 그에게 양해를 구함과 동시에 만에 하나라도 폭호채의 다른 경쟁자가 그에게 접근하는 것을 미연에 차단하려는 것이었다.

다른 한편으로 이는 혁천조가 폭호채의 후계 구도에서 매우 앞서고 있기는 하나 경쟁자가 없지는 않다는 상황을 드러내는 것이었는데 나름 예의를 지킨답시고 나선 것 같았지만 설무백의 눈에는 차지 않았다.

지금 혁천조의 태도는 한마디로 선명하지 못했다.

보는 이의 시각에 따라 부탁으로도 보이고, 경고로도 느낄 수 있는 태도였다.

“그래서?”

심드렁하게 반복된 설무백의 되물음에 혁천조가 얼굴 가득 당황스러움을 표출했다.

설무백은 냉담하게 지적했다.

“남에게 굽히지 않고 스스로의 가치나 품위를 지키는 방법이 없진 않지만 매우 드물지. 너는 아직 거기까지 도달한 것 같지도 않고. 그러니 뭐든 하려면 제대로 해. 부탁이면 부탁처럼, 경고면 경고처럼. 그 정도는 할 수 있잖아?"

혁천조가 흔들리는 눈빛을 애써 바로잡으며 정중하게 포권의 예를 취했다.

"부탁입니다. 부탁드리겠습니다, 대당가."

"부탁이라면 들어주지. 대신……!"

설무백은 보란 듯이 검지, 손가락을 들어서 혁천조의 뒤쪽에 시립한 두 명의 소두목 중 하나를 가리켰다.

이름이나 별호는 모르지만, 그의 말을 듣는 내내 싸늘한 분노가 담긴 눈빛으로 위협하던 우측의 사내였다.

순간.

팍-!

검은 기류가 감싼 그의 손가락에서 발사된 한줄기 흑광이 사내의 미간을 관통했다. 천기혼원공을 기반으로 강화된 지공인 청마지, 일명 무극지(無極指)였다.

털썩-!

서 있던 자세 그대로 꼼짝도 하지 못한 채 이마에 붉은 반점이 새겨진 사내가 썩은 통나무처럼 옆으로 쓰러졌다.

비명조차 지를 수 없는 찰나의 죽음이었다.

설무백은 뻗어 냈던 손가락을 접고 손을 내리며 말했다.

"상관의 생각이 뭔지도 모르고, 자신의 감정 하나도 제대로 숨기지 못하는 저런 친구는 곁에 두지 마. 곁에 두고 싶으면 내 앞에 세우지 말고."

매우 당황한 기색이던 혁천조가 이제야 무슨 상황인지 간파한 듯 안색을 바꾸며 새삼 공수했다.

"고견에 감사드립니다. 앞으로도 많은 지도 편달 바랍니다."

설무백은 픽 웃으며 물었다.

"진심이야, 그냥 비위가 좋은 거야?"

혁천조가 고개를 들고 따라 웃으며 대답했다.

"그야 당연히 진심이죠."

설무백은 그거 아주 괜찮은 생각이라는 듯 웃는 낯으로 다가가서 혁천조의 한쪽 어깨를 두드려 주며 지나갔다.

"앞으로도 쭉 그러길 바란다."

혁천조가 여부가 있겠냐는 듯 새삼 고개를 숙이는 사이, 시종일관 무뚝뚝한 모습의 공야무륵과 위지건이 묵묵히 그 뒤를 따라붙으며 발걸음을 재촉했다.

그들의 모습이 저만치에 자리한 관도와 빠르게 가까워지고 있었다.

혁천조가 그제야 휘파람과도 같은 한숨을 내쉬며 천박하게 들리는 욕설을 흘렸다.

"어휴, 드럽게 세네, 씨발!"

죽은 소두목 곁에 서 있던 다른 소두목이 그의 욕설을 듣기 무섭게 심드렁하게 물었다.

"그래도 참을 거죠?"

"참지 않으면?"

혁천조가 신경질적으로 반문하고는 이내 억누르고 있던 분노를 토하듯 쏘아붙였다.

"양진(梁眞), 너는 눈이 삐었냐? 맹수라도 다 같은 맹수가 아니야. 상대할 수 있는 놈이 있고, 상대할 수 없는 놈이 있는 거라고."

설무백은 알아보지 못했으나, 기실 독각동인(毒脚銅人)이라는 별호로 녹림에서는 유명한 중견 고수인 양진은 그래도 집요하게 확인했다.

"그러니까, 저놈은 아니라는 소리죠?"

"그야, 당연히……!"

혁천조가 버럭 악을 쓰며 두 눈을 부릅뜨다가 이내 울상을 지으며 목소리를 낮추었다.

"야, 그보다 우리 뒤에서 이렇게 이 새끼 저 새끼 하는 거 너무 쪼잔하고 없어 보이지 않냐?"

양진이 새삼스럽게 별말을 다 한다는 듯한 눈빛으로 혁천조를 바라보았다.

"가늘고 길 인생이 목표라면서 쪼잔하면 어떻고, 없어 보이면 또 어떻습니까."

"하긴……!"

혁천조가 대번에 수긍하며 웃었다.

그러다가 그는 문득 바닥에 엎어져 있는 소두목의 주검을 일별하고는 짐짓 정색하며 무게를 잡고 넌지시 말했다.

　"그건 그렇고 아까 저치가, 아니, 인심 썼다. 그래, 설 대당가가 저 녀석이 아니라 너를 노렸으면 내가 죽기를 각오하고라도 나섰을 거라는 거 알고 있지?"

　양진이 어련하겠냐는 듯 성의 없이 고개를 끄덕였다.

　"그렇겠죠."

　"정말이야."

　"알겠다니까요."

　"안 것이 아닌 것 같은 눈빛인데?"

　"거참 집요하시네."

　양진이 당장이라도 튀어나올 것같이 크게 부릅뜬 눈으로 혁천조를 바라보며 소리쳤다.

　"자, 똑똑히 보세요! 압니다! 안다고요! 아는 눈빛 맞죠?"

　"험험! 그렇군. 맞네. 맞아."

　혁천조가 그제야 못내 만족한 표정으로 헛기침을 하며 물러나서 바닥에 엎어진 소두목의 주검을 걷어찼다.

　"알았으니까, 성질 그만 부리고 어서 이 자식이나 처리해. 내가 그렇게나 주의를 주었는데도 불구하고 들어 처먹지 않고 나대더니, 아주 꼴좋다. 파묻는 것도 아까우니 어디 가까운 도랑에다가 짐승 먹이로 던져 줘 버려!"

　"가늘고 길게 사시겠다는 분이 냉정하시긴……."

"그래서 그렇게 살 수 있는 거야."

"예예, 알겠습니다."

양진이 '알아 모시겠습니다'라는 표정으로 굽실거리며 바닥에 엎어진 주검의 다리 하나를 잡아들더니, 문득 혁천조를 바라보았다.

혁천조가 발끈했다.

"또 왜?"

양진이 히죽 웃으며 말했다.

"심심한데 같이 가죠?"

혁천조가 다시금 버럭 하려는 기색이다가 이내 슬며시 풀어지며 나서서 주검의 다른 한쪽 다리를 잡았다.

"하긴, 어차피 같이 산채로 가야 하니 그러자."

양진이 말했다.

"핏자국은 안 닦아도 되겠죠?"

혁천조가 대답했다.

"바람 한 번만 불면 낙엽에 검불에 덮일 텐데, 귀찮게 그짓을 왜 하나. 그리고 그 자식, 아니, 설 대당가의 손 속이 워낙 깔끔해서 피도 몇 방울 안 튀었어."

"그 자식, 아니, 설 대당가가 대단하긴 해요. 그죠?"

"아주 난 놈, 아니, 괴물이야."

"그러게요. 걱정이네요."

"걱정 마. 내가 다 알아서 처리할 테니까."

"예? 알아서 처리한다니요?"

"너 설마 내 아부 솜씨를 못 믿는 거냐?"

"아, 그, 그거요?"

"그거 아니면 뭘 생각한 건데?"

"아니요, 저도 그거 생각했어요."

"그러니까, 걱정하지 말라고."

"예예, 정말 걱정이 하나도 안 되네요. 아주 듬직합니다, 듬
직해요."

"……어째 삐딱하게 들린다, 너?"

"에이, 무슨 그런 소리를, 진심입니다."

"한 번 봐준다."

"감사합니다."

"……."

본디 폭호채의 말단 홍호자로 같이 시작해서 직위와 무관
하게 격의 없이 지내는 사이인 그들, 두 사람 척신명과 양진
은 도란도란, 아웅다웅하며 각기 시체의 다리 하나씩을 잡고
끌며 숲속으로 사라졌다.

"아, 그렇군!"

설무백은 산비탈을 내려와서 관도에 들어서는 순간에 불

현듯 기억나서 외쳤다.

"혁천조! 어째 이름이 낯설지 않다 했더니만, 산귀 노인이 말년에 받아들인 제자였어!"

위지건이 놀라서 움찔하며 멈추었다.

공야무륵이 그런 그의 어깨를 툭 치고 지나가며 말했다.

"신경 꺼. 가끔 저러셔."

천하제일의
주인

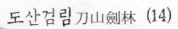

# 도산검림 刀山劍林 (14)

설무백이 다 좋은데 왜 자신에게 사람의 명호를 종종 까먹는 건망증이 있는 것인지 자책하는 와중에 도착한 대곤채는 폭호채와 달리 연회를 준비하지는 않았다.

대신에 연회보다 더 거북한 자리를 마련해 놓고 있었다.

황하수로연맹의 총단에서 왔다는 인물과 함께 설무백을 기다리고 있었던 것이다.

하구장(河具奬)이라는 이름에 천패수룡(天覇水龍)이라는 별호를 가진 황하수로연맹의 이인자로, 즉 부맹주로 자타가 공인하는 지낭이자, 고수이기도 한 인물이었다.

무엇보다도 설무백이 싫어하는 자였다.

대문을 벗어난 강변까지 마중 나온 강상교가 사정을 설명하고 나서 설무백의 불편한 기색을 보더니 예리하게 물었다.

"싫어?"

"싫군."

"왜 싫은데?"

설무백은 선뜻 대답해 줄 수가 없었다.

나름 충분한 이유가 있었으나, 아직 벌어지지 않은 미래의 이야기였다.

전가의 보도처럼 휘두르는 예지력도 한두 번이지 또다시 가져다 붙이려니 적잖게 멋쩍었다.

그는 에둘러 말했다.

"성격이 별로라서 나랑 안 맞아. 그자 때문에 불렀다는 걸 알았다면 오늘 오지 않았을 거야."

강상교가 웃었다.

"그건 나도 동감. 별로인 정도가 아니라 쓰레기 수준이지. 그러니까 더욱 피하지 마. 괜히 눈 밖에 나면 골치 아픈 인간이니까. 나도 그래서 그냥 얘기하지 않고 부른 거야."

설무백은 이제야 강상교도 하구장을 탐탁찮게 생각한다는 사실을 깨달으며 물었다.

"그자보다 내 성질이 더 더럽다는 거 잘 알잖아. 여차하면 문제가 생길 수도 있는데, 괜찮겠어?"

강상교가 보란 듯이 자신의 목을 손으로 긋는 시늉을 하며 호탕하게 웃었다.

"설 형은 다른 인연을 다 떠나서 명색이 내 사랑을 이어 준 매파(媒婆 : 중매쟁이)야. 내 목을 따는 것만 아니라면 무슨 일이든 책임져 줄 테니 안심하라고. 하하하……!"

설무백은 본디 하구장이 대곤채에 와 있다는 소리를 듣는 순간 강상교하고만 잠시 담소를 나누다가 그냥 발길을 돌리려고 했다.

그런데 강상교의 얘기를 듣고 보니 그게 맞는 것 같았다.

사실 나름 이유가 있었지만, 어쩌면 그럴 필요가 없다는 생각이 들었다.

"어디야?"

설무백이 마음을 정하며 묻자, 강상교가 쑥스럽게 웃는 낮으로 돌아서서 안쪽을 가리켰다.

"전에 자네가 내 사랑을 이어 준 거기, 내 거처. 객청은 싫대서 어쩔 수 없이 내 방을 내줬지."

꿹

"어서 오게, 설 주보(主保)! 강 채주를 통해서 얘기 많이 들었네. 언제 한번 짬을 내서 보자보자 했는데, 이제야 겨우 만나는군그래. 반갑네, 정말 반가워!"

강상교의 거처에서 기다리고 있던 황하수로연맹의 이인자, 천패수룡 하구장은 전란(戰亂)통에 헤어진 가족 친지를 다시 만나는 것처럼 극진한 태도로 설무백을 맞이했다.

설무백은 놀랍거나 당황스럽기 이전에 흥미로웠다.

초면에 대놓고 하대를 하는 거야 연장자의 습관일 테니 차치하고, 주보라는 호칭까지 써 가며 친근함을 드러내려 애쓰는 모습이 매우 이채로웠다.

주보성인(主保聖人)의 준말인 주보는 특정 지역이나 사람 등을 특별히 보호해 주는 뛰어난 인물을 일컫는 말로, 어지간한 관계가 아니면 쓰지 않기 때문이다.

그리고 보니 노골적인 하대 역시 의도적으로 친근함을 강조하기 위한 수단일지도 몰랐다.

왜?

어째서?

설무백은 아닌 밤중에 홍두깨라고 당최 의도를 파악하기 어려워서 거부감부터 들었으나, 일단은 공손함을 유지하기로 했다.

"저도 반갑습니다. 강 형 얼굴이나 보고 가려고 잠시 들렀을 뿐인데, 하 노선배님이 계실 줄은 몰랐네요. 덕분에 변변한 선물 하나 준비하지 못한 점 너그럽게 양해해 주십시오."

"선물은 무슨, 난주의 신성으로 추앙받는 설 주보를 이렇게 만난 것이 다른 무엇보다도 큰 선물이네."

"후배의 얼굴에 금칠이 너무 심하십니다."

"금칠이 아니라 내 마음이 그렇다는 게야. 아무튼, 따로 긴히 할 말도 있고 하니, 우리 자리를 옮겨서 술이라도 한잔하는 게 어떤가?"

설무백은 거북했다.

황하수로연맹의 이인자씩이나 되는 사람이 처음 만나는 그에게 이렇듯 낮간지럽게 굴면서까지 돗자리를 깔려는 데는 그만한 이유가 있을 것이다.

그게 무엇인지는 몰라도, 그는 내기치 않았다.

그는 기본적으로 하구장과 엮기는 것이 싫었다.

"죄송하지만, 제가 술은 별로입니다. 너무 약해서 분위기도 맞추질 못해요."

하구장이 미심쩍은 표정을 지으며 고개를 갸웃했다.

"술집 주인이 술을 못 해?"

설무백은 그의 말이 의심이 아니라 질책으로 들렸다.

무엇보다도 거대 객잔인 풍잔을 일개 술집에 비유하고 있었다.

지금껏 보여 준 태도와 달리 하구장의 속내는 기본적으로 무백을 매우 무시하고 있다는 반증일 것이다.

설무백은 그걸 무시하고 대답했다.

"식당 주인이 다 음식을 만들 줄 아는 건 아니죠."

"그렇긴 하지."

하구장이 불편해진 인상으로 인정하고 나서 이내 삐딱한 시선으로 설무백을 보았다.

"근데, 아무리 봐도 주독(酒毒) 하나 태우지 못할 정도로 내공이 부실해 보이지는 않는 걸?"

설무백이 웃으며 되물었다.

"취하려고 마시는 술 아닌가요? 내공으로 취기를 없앨 거면 대체 술을 왜 마시시죠?"

하구장의 얼굴이 볼썽사납게 일그러졌다.

말문이 막히자 분노가 일어난 것 같은 표정이었다.

설무백은 그럴 기회를 주지 않고 다시 말했다.

"그러니 하실 얘기 있으면 귀찮게 자리 옮길 필요 없이 그냥 여기서 하지요. 저는 조용해서 편하고 좋은데요."

강상교가 거들었다.

"그러시죠. 만약 술이 필요하시면 제가 여기로 술상을 마련해 올리겠습니다."

"아니, 그럴 필요까지는 없네."

하구장이 손을 내저으며 거절하고는 못내 불편해진 감정을 담아서 설무백을 노려보며 말했다.

"그래. 그럼 그냥 여기서 얘기하도록 하지. 사실 내가 하려던 말은 다름 아니라 자네의 입지에 대한 얘기일세."

설 주보라는 호칭이 자네로 바뀌었다.

이건 자신에 대한 최소한의 대우가 사라졌음을 의미하는 것이었으나, 그는 상관하지 않고 대화를 이어 나갔다.

"저의 입지요?"

"그래, 자네의 입지. 백사방의 이칠이 이미 오래전부터 자네의 손을 잡고 있다는 사실은 나도 익히 들어서 잘 알고 있다네. 말이 좋아 손을 잡은 거지, 실은 자네의 지시를 받고 있다지?"

"그래서요?"

"그래서는 무슨, 그걸 두고 자네를 탓하자는 것이 아닐세. 그저 자네도 이제 어엿한 일개 지방의 흑도 명숙이 되었으니, 든든한 배경이 하나쯤은 있어야 한다는 걸세."

"아, 그러니까 황하수로연맹 같은 배경이 말이죠?"

설무백은 뻔히 보이는 하구장의 속내가 하도 같잖고 어이가 없어서 반문했으나, 하구장은 그걸 몰랐다.

"과연 말이 통하는 친구야."

하구장은 자신의 말에만 심취한 듯 반문하는 설무백의 태도에 아무런 열의가 없다는 사실을 전혀 느끼지 못한 채 맞장구를 치며 거듭 열변을 토했다.

"그래, 바로 그걸세! 우리 황하수로연맹이, 아니, 까놓고 말해서 내가 그걸 해 주겠네. 이 하구장이 자네의 든든한 버팀목이 되어 주겠다는 소릴세. 어떤가? 기꺼이 같이하겠지?"

설무백은 가만히 고개를 끄덕였다.

"나쁘지 않네요."

하구장이 무언가 길을 본 것처럼 눈을 빛내며 말을 받았다.

"어허, 섭섭하게 왜 이러나. 나쁘지 않다니? 이건 누가 뭐래도 자네에게 막대한 이득이 되는 일일세. 자네의 미래에 탄탄대로가 열리는 거라고."

설무백은 생각해 보니 정말 그런 것 같다는 듯 새삼 고개를 끄덕이다가 이내 갑자기 무언가 떠올랐는지 불쑥 물었다.

"아, 그런데, 이거 용왕(龍王)님께서도 아시는 일이겠죠?"

황하수로연맹의 맹주인 이차도(李車滔)를 두고 하는 말이었다. 그의 별호가 육지용왕(陸地龍王)인 것이다.

하구장이 이제 뜸이 다 들어서 밥이 되었다고 생각했는지 활짝 웃으며 대답했다.

"그게 무에 중요한가. 이건 내가 주도하는 일이긴 하나, 언제고 때가 되면 맹주께 알리면 그만일세. 맹주께서는 내가 청하는 일에 반대한 적이 한 번도 없다네."

"아, 그러시구나."

설무백은 그러면 됐다는 듯 고개를 끄덕이며 따라 웃었다.

그러고는 아주 홀가분해진 표정을 지으며 대뜸 강상교를 향해 물었다.

"나 믿지?"

강상교가 느닷없는 질문에 당황한 기색이면서도 대답은 했다.

"그야 당연히 믿지."

"됐어, 그럼."

설무백은 짧게 대꾸하며 아무런 사전 동작도 없이 바람처럼 자리를 이동해서 하구장의 면전에 섰다.

"어……?"

하구장이 당황하는 그 순간 설무백의 손이 좌에서 우로 이어지는 수평으로 그렸다.

우측에서 멈춘 그의 손에는 좌에서 시작할 때는 없던 한 자루 검이 들려 있었다.

마술처럼 생겨난 환검 백아였다.

의아해진 눈빛으로 설무백을 바라보던 하구장이 움찔했다.

그는 무언가를 느낄 사이도 없이 홀연하게 이동해서 자신의 면전에 서 있는 설무백에게 한껏 위축되는 자신을 느끼고 있었다.

여태 몰랐는데, 이제 보니 설무백에게서는 묘한 힘이 느껴졌다. 그게 무엇인지는 모르겠으나, 그건 그에게 없는 힘이었다.

이런 것이 왜 이제야 느껴지는 것일까?

하구장은 그 답을 찾을 수 없었다.

그 생각과 동시에 그는 비정상적으로 기울어지는 시야를 느끼며 급격히 의식을 잃었다. 죽음이었다.

"설 형!"

강상교가 소리쳤다.

그는 느닷없이 하구장의 목을 베어 버린 설무백의 태도와 속절없이 떨어진 하구장의 머리가 바닥을 구르는 모습에 너무나도 충격을 받은 듯 뒤늦게 자리에서 일어나고 있었다.

설무백은 슬쩍 손을 들어서 그런 그의 행동을 제지하며 혈영을 불렀다.

"혈영!"

혈영이 보고했다.

"전각 주변에 있던 셋과 전각과 거리를 두고 사방에 은신해 있던 넷 모두 다 제압해 두었습니다. 처리할까요?"

"처리해."

"옙!"

혈영의 대답과 동시에 사방으로 흩어지는 기척이 있었다.

그건 지금 장에서 오직 설무백만이 느낄 수 있는 기척이었고, 그걸 느낀 그는 그제야 어색한 미소를 흘리며 강상교를 바라보았다.

"설명이 필요하겠지?"

강상교가 호흡을 가다듬고 자리에 털썩 앉으며 설무백에게 눈을 부라렸다.

"설명해 봐! 나 답답해서 미쳐 죽는 꼴 안 보려면 정말이지 합당한 이유가 있어야 할 거다!"

설무백은 바닥에 떨어진 하구장의 머리를 지그시 밟으며 말했다.

"강 형도 알다시피 하 씨 이자는 믿을 수 없는 자야. 인덕은 없는데, 욕심은 차고 넘치거든."

"그래서 뭐야? 맹주 몰래 무슨 다른 꿍꿍이라도 품고 있었다는 거야, 그자가?"

"응."

설무백의 주저 없는 대답에 강상교가 흠칫했다.

"황하수로연맹의 이인자가 대체 뭐가 아쉬워서?"

"야망이 큰 자에게는 그 어떤 자리도 좁다는 거 몰라?"

강상교가 수긍하는 듯 고개를 끄덕이며 물었다.

"물론 증거는 있겠지?"

"아니, 증거는 없지만 확실해. 믿어도 좋아."

설무백의 천연덕스러운 대답을 들은 강상교가 볼썽사납게 일그러진 얼굴로 갑자기 크게 하하 웃었다.

"대단하군! 정말 도전적이고, 아주 대담해! 정말이지 겁대가리를 완전히 상실했어! 증거도 없이 고작 심증만으로 황하수로연맹의 이인자인 천패수룡 하구장의 목을 따 버리다니, 맹주께서 아시면 정말로 기뻐서 쌍수를 들고 환영하겠네! 음하하하……!"

그는 이내 거짓말처럼 웃음을 그치고는 설무백을 잡아먹을 듯이 노려보며 물었다.

"자네 미쳤지?"

설무백은 대답 대신 피식 웃으며 발로 밟고 있던 하구장의 머리를 툭 걷어차서 강상교의 면전으로 굴렸다.

강상교가 발바닥을 내밀어서 굴러온 하구장의 머리를 멈추게 하며 짜증을 냈다.

"뭐야?"

"아까 그자가 내게 했던 말 기억하지?"

"기억하면?"

"그거 들고 총단으로 가서 용왕 이 씨 한번 만나 봐. 찾아와서 헛소리를 지껄이기에 그만 참지 못하고 죽였다고 하면 분명 후한 상을 내릴 거다."

설무백은 그 후한 포상이 어쩌면 황하수로연맹의 부맹주 자리일지도 모른다는 얘기까지는 하지 않았다.

시기는 비슷할지 몰라도 엄연히 강상교의 손에 죽어야 할 하구장이 그의 손에 죽었으니, 상황이 변할 수도 있다는 생각이 들었다.

그래서 그들의 만남은 그것으로 끝났다.

강상교는 더 묻지 않고 황하수로연맹의 총단으로 갔고, 설무백은 더 말하지 않고 풍잔으로 돌아왔다.

도산검림刀山劍林 (15)

설무백 일행이 풍잔에 도착한 것은 축시(丑時 : 오전 1~3시)로 들어선 새벽이었다.

　그들은 사람들에게 알리지 않고 남몰래 담을 넘어서 풍잔으로 들어섰다. 그건 늦은 시간에 사람들을 귀찮게 하지 말자는 설무백의 배려였고, 그들 모두는 그 정도의 실력을 갖추고 있었다.

　그러나 다른 사람은 몰라도 설무백은 그렇게 되지 않았다. 그의 거처에는 그를 기다리는 사람이 있었기 때문이다.

　요미였다.

　"뭐야? 네가 왜 여기에 있어?"

　저절로 살짝 열린 방문 틈새로 고개를 내미는 요미의 두 눈은 매우 컸다.

그동안 요미가 많이 자라고 성숙해진데다가 이렇게 가깝게 마주한 적이 거의 없어서 그렇게 느껴지는 것인지는 모르겠으나, 그는 그 눈을 보며 처음으로 그녀가 보기 드문 미녀라는 생각이 들었다.

사실은 그동안 어리다고만 생각하고 그녀를 여자로 보지 않은 까닭에 그만 모르고 있었지만 말이다.

그때 영악한 요미가 야릇한 미소를 지으며 눈가를 가늘게 좁히고 바라보았다.

"어라? 뭐야 그 눈빛?"

설무백은 짐짓 매몰차게 그녀의 머리를 쥐어박으며 문을 열고 안으로 들어갔다.

"까분다, 또! 널 유심히 쳐다본다고 해서 오해하지 마. 예뻐서 딴 마음을 가지고 보는 게 아니라 그저 '예쁜가?' 하고 보는 거니까."

"우씨……!"

요미가 정말 아프다는 듯이 두 손으로 머리를 비비며 입을 삐쭉거렸다.

그러나 설무백은 거기에 신경 쓸 겨를이 없었다.

그의 방에는 그녀 말고도 또 다른 여자가 한 명 더 있었기 때문이다.

바로 사문지현이었다.

"사실을 말하자면 제가 먼저 와 있었던 거예요. 하루 이틀 청소를 하려고 들락거리다가 오고 가는 게 귀찮아서 그냥 잠시 여기서 지내자, 뭐 그런 거죠."

설무백은 슬쩍 고개를 돌려서 요미를 바라보았다.

"너는?"

요미가 대뜸 도끼눈을 뜨며 서문지현을 노려보았다.

"다 큰 여자가 오빠 방에서 혼자 지낸다는데, 그러다가 지금처럼 오빠가 갑자기 돌아오면 어쩌라고? 어림도 없는 개수작이지!"

설무백은 더는 뭐라고 할 말이 없어서 짐짓 한숨을 내쉬며 손을 내저었다.

"알았으니, 이제 그만 나가 주라. 정말 피곤해서 좀 쉬어야겠다."

설무백은 본의 아니게 사문지현과 요미를 개 쫓듯이 밖으로 내몰고 나서야 비로소 안정을 찾으며 휴식을 취했다.

잠을 자지는 않았다.

운기조식으로 여독을 풀었다.

그간의 일상이 늘 그렇듯 그다음은 수련의 시간이었다.

다만 그의 수련은 몸을 움직여서 초식을 구현하는 육체적인 것이 아니었다.

생각과 정신의 단련이었다.

그의 무공은 반복되는 육체 수련 속에 계단을 하나하나 오르는 것처럼 점진적으로 늘고 자라나는 일련의 과정을 이미 오래전에 탈피한 상태였다.

이미 극고의 내공을 기반으로 초극의 경지에 달한 그가 새로운 경지의 무공을 습득하는 것은 육체의 수련이 아니라 정신의 단련을 통해서 무학의 본질을 꿰뚫는 깨달음을 통한 비약(飛躍)으로만 가능하다는 뜻이었다.

그가 지금 자리한 무공의 경지는 하늘과 땅이 다른 것처럼 각각이 단절된 공간으로 존재하는 하나인 세계의 끝자락에 자리하고 있었기 때문이다.

즉, 지금의 그는 깨달음을 통한 한순간의 비약을 통해서 지금 자리하고 있는 세계를 벗어나서 새로운 세계로 접어들지 못한다면 더 이상 무공의 진보를 기대할 수 없는 초극의 경지에 달해 있는 것이다.

그래서 그는 언제나처럼 오늘도 눈을 감고 시간의 흐름을 잊은 채 지금 자신이 가진 것이 무엇이고, 어떤 것을 익혔으며, 비약을 위해 바꾸거나 버려야 할 것이 어떤 것인지 생각하고 또 생각했다.

그리고 언제나 마치 예정되어 있던 것처럼 막다른 골목에 봉착해서 답을 찾지 못하고 한숨을 내쉬며 눈을 떴다.

'결국 이것부터 해결해야 한다는 건가?'

설무백은 한결 무거워진 기색으로 슬며시 한 손을 펼쳤다.

순간, 그의 손바닥에서 빛이 나기 시작하더니 이내 뾰족한 검붉은 기운이 솟아 나왔다.

검붉은 칼날 혹은 검붉은 수정과 같은 결정체인 천마검이었다.

기실 최근 설무백의 비약을 방해하는 요소 중 가장 강력한 것이 바로 이것이었다.

그간 그는 이 천마검의 비밀을 풀기 위해서 알게 모르게 전력을 다했고, 어느 정도 성과도 있었다.

우선 아직 여전히 확신은 없지만, 이게 천마검이라는 가정아래, 이 천마검은 단순한 무기가 아니었다.

이 천마검은 내공의 정화를 유형의 것으로 만든 물체, 다시 말해 엄청난 내공을 응축해서 만든 기(氣)의 덩어리였다.

이는 그가 그간 천마십삼보의 내력을 조사하는 과정에서 과거 천마의 내공이 비정상적일 정도로 무지막지하게 강했다는 사실을 파헤치다가 밝혀낸 것이다.

천마의 삼대무공 중 하나인 천마불사심공은 무형의 진기를 유형화하고 단화(丹化)해서 보존할 수 있다.

그것이 바로 어떤 상황에서도 죽지 않는다는 천마불사심공의 비밀이라는 것을 알게 되자, 그는 자신이 습득한 천마검이 혹시나 내공의 정화가 아닌지 의심하게 되었고, 결국 시험을 통해서 확인할 수 있었다.

알고 보니 전설처럼 이어지는 도가(道家)의 이상인 내단술(內丹術)을 절묘하게 구현한 것이 바로 천마불사공(天魔不死功) 혹은 천마호심공(天魔護心功)이라고 부르는 천마불사심공이었던 것이다.

하지만 여기에는 그보다 더 놀라운 비밀이 한 가지 더 내제되어 있었다.

천마검이 천마불사심공을 통해 무형의 내공을 유형화시킨 내단(內丹)이라면 놀랍게도 이는 의도적인 진기이전(眞氣移轉)이나 강제로 상대의 진기를 빼앗을 수 있는 전설의 흡성대법(吸性大法)이 얼마든지 가능해진다는 사실이 바로 그것이었다.

물론 당연하게도 아무나 전부 다 가능한 것은 아니다.

흡수하는 사람과 흡수당하는 사람의 내공이 충분히 조화를 이루며 융합될 수 있는 성질의 진기라야 한다는 절대의 조건이 붙는다.

그런데 우습지도 않게도 그와 같은 절대의 조건이 설무백에게는 적용되지 않았다.

설무백의 성취한 내공인 천기혼원공은 이미 정사마의 진기가 조화를 이룬 공력이었기 때문이다.

요컨대 지금의 설무백이 만에 하나 천마검의 비밀을 풀고 거기 응축된 기운을 흡수하게 된다면 얼마든지 강제적으로 상대의 진기를 빼앗을 수 있는 흡성대법을 펼칠 수 있다는 뜻이 되는 것이다.

'하지만······!'

만에 하나, 만약에 라고 말하는 것에서 알 수 있듯 이건 정말 쉽게 해결할 수 없는 문제였다.

솔직히 말하면 해결할 수 없는 문제인 것 같았다.

그간 설무백은 도합 다섯 번이나 천마검에 응축된 공력을 흡수하려고 시도해 봤지만, 융합되고 조화를 이루기는커녕 물과 기름처럼 섞이지 않는 진기의 역류로 인해 번번이 주화입마의 길목에서 생사를 넘나들었던 것이다.

그래서였다.

'무언가 섞이지 않는 것을 섞이게 하는 매개체가 있어야 한다는 건데……!'

지금도 설무백은 상념만 깊어질 뿐, 선뜻 시도해 보지 못하고 망설이고 있었다.

그때.

"자리를 비켜 드릴까요?"

암중의 혈영이 그의 태도를 다른 방향으로 오해한 듯 말을 건네고 있었다.

"관둬."

설무백은 손을 내저으며 손바닥에 솟아난 검붉은 결정체, 천마검을 거두어들였다.

서두를 필요는 없었다.

세상의 이치가 다 그렇듯 비약을 쉽게 이룰 수 있는 방법은 존재하지 않는다.

여태까지 실행하던 방식을 버리고 새로운 방식을 선택하는 결단과 언제든지 가지고 있는 생각을 역으로 뒤집고, 넘어서지 않던 선을 넘어설 수 있는 용기만이 비약을 가져올 수 있다.

새로운 지평, 한 번도 가 보지 않은 미지의 세계로 접어드는 일이니만큼, 조급한 마음으로 무작정 서두를 일이 절대 아닌 것이다.

"그보다 곧 수선스러워질 것 같은데, 어디 가서 좀 쉬지 그래?"

암중의 혈영이 심드렁하게 대답했다.

"지금 쉬고 있습니다."

설무백은 명령으로 강제하지 않는 한 더 말해도 소용없다는 것을 알기에 그만 포기하고는 침상을 벗어나서 창가의 다탁에 자리를 잡고 앉았다.

때를 같이해서.

"주군!"

방문이 열리며 제갈명이 호들갑스럽게 안으로 들어섰다.

이제 곧 수선스러워질 것이라는 설무백의 말은 허겁지겁 달려오던 제갈명의 기척을 느끼고 한 것이었다.

"아니, 무슨 저잣거리로 마실 나온 빈민가 시궁쥐도 아니고 오셨으면 오셨다고 말씀을 하셔야지…… 윽!"

"이놈 말본새하곤! 하여간 제 버릇 개 못주지!"

제갈명의 뒤에는 예충과 환사, 천월, 풍사, 천타가 따르고 있었다. 그중 환사가 손을 내밀어서 제갈명의 뒷덜미를 닭 모가지 잡듯 움켜잡은 것이다.

제갈명이 죽는 시늉을 하며 사정했다.

"에구구……! 알았으니, 이제 그만 놔주세요!"

환사가 그제야 제갈명을 놓아주며 손을 털고는 언제 화를 냈냐는 듯 정감 어린 시선으로 설무백을 보며 공수했다.

"오셨습니까, 주군."

뒷목을 주무르던 제갈명이 그 모습을 보며 어이없다는 듯 혀를 내둘렀다.

환사가 보지도 않고 그걸 느낀 듯 순간적으로 주먹을 내밀어서 그의 뒤통수를 한 대 갈겼다.

"악!"

제갈명이 비명을 지르며 머리를 감싸고 주저앉았다.

환사가 신경 쓰지 말라는 듯 설무백을 향해 웃음을 보이고, 천월과 예충, 풍사, 천타가 이젠 익숙해서 별스럽지도 않다는 표정으로 무시하며 설무백을 향해 포권의 예를 취했다.

"오셨습니까."

"아, 예……."

설무백이 얼결에 인사를 받는 사이 주저앉았던 제갈명이 발딱 일어나서 환사를 노려보았다.

환사가 시선도 주지 않고 주먹을 쳐들었다.

"그냥 본 거예요, 그냥!"

제갈명이 버럭 소리치며 환사를 외면했다.

환사가 그제야 쳐들었던 손을 슬며시 내렸다.

설무백은 그사이 제갈명의 안쪽 눈언저리가 검게 멍든 것을 확인할 수 있었다.

그는 굳이 묻지 않아도 누구 짓인지 알 수 있어서 환사에게 시선을 주며 물었다.

"왜 그렇게 미워하세요?"

환사가 얼굴 가득한 미소를 지우지 않으며 대답했다.

"미워하는 것이 아니라 교육을 좀 하는 중입니다. 애가 머리는 좋은 것 같은데, 입이 너무 싸서 말이 많고, 되바라진 소리도 적지 않습니다. 그게 우리에게만 그러면 그러려니 하고 넘기겠는데 종종 주군에게조차 그러니 교육을 하지 않을 수 없습니다."

제갈명이 짐짓 도끼눈을 뜨며 환사를 노려보았다.

환사가 이번에도 역시 눈으로 보지도 않고 제갈명의 태도를 알며 말했다.

"보십시오. 쟤가 저렇습니다. 이제 잘하면 주군은 몰라도 저까지는 칠 겁니다."

제갈명이 더는 못 참겠는지 발끈했다.

"누가 누굴 칠 거라고 그리 모함을 하세요! 저는 다만 매사에 사태를 직시하고 있는 그대로, 응, 느끼는 그대로 말하는 것뿐이라고요! 조언, 충고, 뭐 이런 말 모르세요? 풍잔에서 내가 해야 할 일이 그건데, 그걸 가지고 뭐라시면 대체 어쩌자는 거예요? 예? 악!"

말을 끝내며 반문하던 제갈명이 거듭 두 손으로 머리를 감싸며 주저앉았다.

환사가 번개처럼 빠르게 그의 머리를 한 대 쥐어박은 것이었다.

설무백은 주저앉은 제갈명을 외면하며 환사를 물끄러미 바라보았다.

제갈명의 항변에 대한 답변을 요구하는 눈빛이었다.

환사가 노인답지 않게 히죽 웃으며 대답했다.

"제가 다른 건 몰라도 사람의 감정에 대해서는 좀 빠삭한 편입니다. 해서 말씀드리자면, 저 녀석 말이 틀린 것은 아닙니다만, 과공비례라는 말이 있듯 무릇 세상 모든 것은 과하고 지나치면 안 되는 겁니다. 그런데 이놈은 지나칩니다. 종종 선을 넘을 때도 있습니다."

"제가 언제 선을 넘었다고…… 악!"

환사가 발딱 고개 쳐들고 일어나는 제갈명의 머리를 거듭 쥐어박아서 다시 주저앉히며 계속 말했다.

"배려가 자만의 다른 감정일 수 있듯 제아무리 반듯한 조언이나 충고도 의심의 다른 감정일 수 있습니다."

"악!"

그는 쭈그리고 앉아 있는 제갈명이 머리를 한 대 더 쥐어박으며 말을 이었다.

"이놈이 그럽니다. 적어도 주군께는 마땅히 신뢰가 앞서야 하는데, 이놈은 아니에요. 의심이 먼접니다. 오직 자기 생각만이 최고라고 믿는 거지요. 고쳐야 할 버릇입니다."

설무백은 듣고 보니 능히 수긍할 수는 있었으나, 과연 제갈명의 타고난 성정이 환사에게 잡혀서 변할지는 미지수인지라 본의 아니게 입맛을 다셨다.

그간 그가 지켜봐 온 제갈명은 첩첩산중 산골마을에서 평생을 독수공방 홀로 살아온 노인네보다도 더 자기중심적인 생각에 집착하는 지독한 옹고집이라 어지간해서는 절대 바뀌지 않을 터였다.

그러나 그가 아는 환사의 성격도 만만치 않았다.

지난날, 낭왕의 무덤에서 여차하면 여지없이 생매장을 당할 상황임에도 자기 성질에 못 이겨서 당장에 꺼지라고 고래고래 악을 쓰던 환사의 목소리가 그는 아직 귓가에 생생했다.

'반병신으로 끝나면 다행이겠군.'

설무백은 못내 그런 걱정이 들었으나, 환사를 말려야겠다는 생각은 하지 않았다.

환사가 단순하고 투박해서 종종 험할 정도로 거칠게 구는 면이 있긴 하나, 그만큼 동료를 아끼는 사람도 드물었다.

그러나 이대로 말리지 않을 수도 없었다.

제갈명의 태도가 심하다고 해서 지금 환사의 태도가 옳다고 볼 수는 없었기 때문이다.

적어도 그의 견지에서는 그랬다.

제갈명의 태도처럼 환사의 행동도 그의 입장에서는 지극히 개인적인 판단에 불과했다.

설무백은 난감해진 마음으로 천월과 예충, 풍사 등 좌중을 둘러보았다.

무언가 도움을 받을 수 있을까 했는데, 전혀 그렇지가 않았다. 다들 자신들도 난감하다는 표정으로 멋쩍게 웃거나 어깨를 으쓱이고 있었다.

그때였다.

설무백이 암담한 마음에 절로 한숨을 내쉬는 참에 예기치 못한 구원의 손길이 뻗어 왔다.

밖에서부터 다급한 인기척이 들리더니.

덜컥-!

거칠게 방문이 열렸다.

"어라? 정말 오셨네?"

화사였다.

가시방석을 벗어나서 못내 마음이 편해진 설무백과 대화를 나누던 환사는 도끼눈을 뜨며 그녀를 노려보았다.

소위 군기를 잡겠다고 나선 마당에 예의 없이 뛰어 들어온 그녀가 곱게 보일 리 없는 것이다.

화사가 눈치 빠르게 분위기를 간파하고는 뒤에 달고 온 사내 하나를 앞으로 내밀었다.

"아, 다름이 아니라 이 녀석 때문에……!"

그녀의 손에 이끌려 앞으로 나선 사내는 후줄근한 몰골은 둘째 치고, 방금 물에 빠졌다가 나온 족제비처럼 전신이 땀으로 흠뻑 젖어 있었다.

그래서 다들 뒤늦게 그 사내의 정체를 파악했다.

사내는 바로 하오문의 수뇌진을 구성하는 구룡자 중 셋째인 백이문이었다.

백이문, 그가 다급히 말했다.

"주군! 좌군도독부(左軍都督府)와 우군도독부(右軍都督府) 예하의 기무좌위(機務左衛), 안기우위(安全右衛)의 주력이 남경 응청부 인근으로 집결하고, 금위위와 예하 북진무사(北鎭撫司)의 정예들이 소집되고 있습니다!"

좌중 모두의 안색이 바뀌는 가운데, 쪼그리고 앉아서 두 손으로 머리를 감싸고 있던 제갈명이 벌떡 일어나며 외쳤다.

"역모!"

다음 권으로 이어집니다

맹물사탕 현대 판타지 장편소설

# 다시 사는 재벌가 망나니

## 1994년으로 돌아간 재벌가의 사냥개 슈퍼 국민학생 되다!

억울하게 재벌가 망나니와 함께 죽었는데
눈떠 보니 30년 전 초딩, 아니 국딩?
심지어 내가 아닌 그 망나니 놈의 몸!

정신없는 재벌가의 밥상머리 경제학과 함께
시나브로 회복하는 망나니 시절의 평판
과거 지식으로 연예계, IT 안 가리는 사업 성공까지

*"그나저나…… 30년 뒤 이 몸을 죽이라고 사주한 건 누구지?"*

재벌가 도련님으로 시작하는 두 번째 인생
엄친아를 뛰어넘는 국딩 CEO 라이프!

ROK
MEDIA
로크미디어

# 폐황제가 되었다

송제연 판타지 장편소설

팔자 편한 빙의물은 가라!
고생길 예약된 독자 출신 폐황제가 보여 주는
본격 스포 주의 생존기!

인기 없는 판타지 소설 '포킹덤'의 유일한 독자 민용
갑작스러운 완결 소식에 놀랄 새도 없이
다음 날, '포킹덤'의 폐황제 익스가 되어 눈을 뜨는데……

'그런데 이 녀석…… 사흘 뒤에 죽지 않나?'

외진 땅, 부족한 인재, 부실한 재정
뭐 하나 멀쩡한 게 없는데 목숨까지 왔다 갔다 한다?
믿을 구석은 대륙 곳곳에 숨어 있는 인재들뿐!

앞일을 내다보는 황제에게 불가능은 없다
모든 건 내 머릿속에 있을지니!